DE LA MÊME AUTEURE

LES INDOMPTABLES, FIGURES DE L'ANOREXIE, avec Ginette Raimbault, Odile Jacob, 1989.

À CORPS ET À CRIS, ÊTRE PSYCHANALYSTE AVEC LES TOUT-PETITS, Odile Jacob, 1993.

VIES PRIVÉES, DE L'ENFANT ROI À L'ENFANT VICTIME, Odile Jacob, 1996.

MÈRES-FILLES : UNE RELATION À TROIS, avec Nathalie Heinich, Albin Michel, 2002.

PEUT-ON FAIRE LE BONHEUR DE SES ENFANTS ?, dir. Alain Houziaux, avec Pauline Bebe et Pierre Lassus, Les éditions de l'Atelier, 2003.

LA FAMILLE DANS TOUS SES ÉTATS, Albin Michel, 2004.

LE TEMPS DES VICTIMES, avec Daniel Soulez-Larivière, Albin Michel, 2007. Prix Biguet de l'Académie française.

PUIS-JE VOUS APPELER SIGMUND ? ET AUTRES CHRONIQUES, Albin Michel, 2010.

COMMENT LE VOILE EST TOMBÉ SUR LA CRÈCHE (LES VRAIS ENJEUX DE L'AFFAIRE BABY-LOUP), Albin Michel, 2013.

FRANÇOISE DOLTO. UNE JOURNÉE PARTICULIÈRE, Flammarion, 2018.

CAROLINE ELIACHEFF

MA VIE AVEC LA COMTESSE DE SÉGUR

ma vie avec

Gallimard

ma vie avec

Collection dirigée par
François Sureau

Les citations de Françoise Dolto sont extraites de *La Cause des enfants* (Robert Laffont, 1985) et d'*Autoportrait d'une psychanalyste* (Points, Seuil, 2001), celles de Freud d'« On bat un enfant », trad. H. Hoesli, in *Revue française de psychanalyse*, T. VI, n° 3-4 (Denoël et Steele, 1933, p. 274-297).

Tout le monde n'a pas la chance d'avoir eu une enfance malheureuse.

ANATOLE DIT TOLIA ELIACHEFF,
mon père

Souffrir passe, avoir souffert ne passe pas.

MADAME LOUISE,
fille de Louis XV

SOUVENIRS, SOUVENIRS

« Les vacances étaient tout près de leur fin. Les enfants s'aimaient tous de plus en plus » : aux yeux du général de Gaulle, cette phrase, extraite des *Vacances* de la comtesse de Ségur, est la plus mélancolique de la littérature française. D'autres se souviennent de la couleur des couvertures de la « Bibliothèque rose illustrée » où le titre de l'œuvre se détachait sur fond doré. Mais aussi des prénoms, Camille et Madeleine, Sophie, Gaspard, Gribouille, Dourakine, Diloy le chemineau, la mère Mac'Miche ; des illustrations de l'époque ô combien évocatrices ; des émotions durables, des récits effrayants, des mots de vocabulaire jamais entendus comme « polisson », « indigent », « fricot », « pécore », des sensations immédiates pas toujours avouables stimulant les fantasmes érotiques ou sadiques. Dans *La Robe prétexte*, François Mauriac, lui aussi, se souvient avec pudeur : « Un petit garçon, même le plus aimé, s'il est trop sensible, n'est pas heureux. Mme de Ségur, Zénaïde Fleuriot, vous m'avez délivré des leçons mal sues, des retenues, des brutales récréations. Je m'abîmais dans vos récits. À l'heure du sommeil, j'offrais au baiser de grand-mère un front indifférent. Les formules de la prière du soir m'enveloppaient comme une musique incompréhensible. Le cortège des petites filles modèles et des bons petits diables me suivait dans ma chambre et peuplait mon sommeil. »

Dans mon enfance, la Bibliothèque rose était dans ma chambre et la Bibliothèque verte dans celle de mon frère, de six ans plus âgé. Nulle interdiction de lectures mais ce partage m'indiquait que les livres roses étaient pour les filles. Chacun son domaine ! Élevée dans la fierté d'être une fille, loin de me gêner, cette partition me flattait : il y avait des choses à savoir qui ne concernaient pas les garçons. J'ai compris plus tard ma double erreur, car mon frère m'en a appris bien davantage sur les mystères de la vie que la Bibliothèque rose, tandis que le général de Gaulle et François Mauriac n'étaient pas les seuls mâles à avoir lu la comtesse de Ségur.

À quatre ans, j'ai appris par cœur le livre de lecture que j'ânonnais, donnant l'illusion de savoir lire couramment, ce qui n'était d'ailleurs nullement considéré comme un exploit. C'est peu après que j'ai lu compulsivement la fameuse trilogie *Les Petites Filles modèles*, *Les Malheurs de Sophie*, *Les Vacances*, puis en grandissant *Un bon petit diable* et *Le Général Dourakine.* En ai-je lu d'autres ? Sans aucun doute, car certaines illustrations sont restées gravées dans ma mémoire.

Six décennies plus tard, j'ai relu comme si c'était la première fois les œuvres complètes de la comtesse de Ségur et j'ai parfois eu les larmes aux yeux comme quand j'étais petite. L'émotion passée et les années aussi, j'ai compris à la lumière de ma vie personnelle et professionnelle qu'on croit relire alors qu'on lit enfin. « Il faudrait qu'on pût me relire avant de me lire : on m'aimerait bien mieux », rêvait Jules Renard.

LE ROMAN FAMILIAL

« N'écris que ce que tu as vu », conseillera la comtesse à Olga, sa dernière fille, lorsque celle-ci voudra suivre les traces de sa mère. Comme elle ne lui avait pas transmis son talent, ce conseil limitera les dégâts. L'a-t-elle suivi pour elle-même ? Les similitudes entre sa vie et ses écrits sont innombrables, mais on peut en dire autant de presque tous les romanciers. Ses biographes n'ont pas manqué de traquer ces ressemblances et de s'en servir pour pallier les trous dans sa biographie, comme si ses livres n'étaient que des autofictions. Alors que sa sœur aînée, Nathalie, et sa fille Olga ont publié leurs souvenirs, la comtesse a fait de son roman familial une œuvre littéraire.

Écrits en principe pour ses petits-enfants, ses livres étaient lus aussi par leurs parents et d'autres pédagogues. Nul doute qu'elle s'adressait indirectement à eux. Passionnée par l'éducation et la santé des enfants, elle décline de mille façons l'idée selon laquelle ils sont le pur produit de ce qu'on leur inculque.

Mais elle-même, de quelle éducation est-elle le fruit ?

Sophie Rostopchine est née à Saint-Pétersbourg le 1er août 1799 selon le calendrier byzantin en usage en Russie orthodoxe, soit le 30 juillet selon notre calendrier grégorien. La même année qu'Honoré de Balzac. C'est apparemment leur seul point commun, mais plus tard, beaucoup plus tard, alors que Balzac était déjà mort quand Sophie a commencé à écrire, on a dit qu'elle était « le Balzac des petits enfants ». Pour mieux la situer parmi ses contemporains, elle a trois ans de plus que Victor Hugo et cinq de plus que George Sand.

Sophie est la troisième enfant du comte Fédor Rostopchine et de Catherine Protassov. Serge et Nathalie la précèdent, Lise puis Paul, mort à trois mois, et Marie, décédée le jour de sa naissance, la suivent. Enfin, André, le dernier-né, a treize ans de moins qu'elle.

On ne peut imaginer personnalités plus différentes que les parents de Sophie. Fédor, dont la mère est morte en mettant au monde son second fils, a, semble-t-il, connu quelques années paisibles auprès d'une mère douce et cultivée avant d'être livré avec son frère à son père, Basile, homme fruste, cruel, débauché, immensément riche, qui traitait ses fils comme ses serfs à coups de pied, de poing et de fouet. Manque d'affection, de soins, de nourriture, de chaleur aux sens propre et figuré. Un précepteur français, M. Lacour, adoucira quelque peu ce traitement, avant que les deux frères ne s'engagent très jeunes dans l'armée.

Catherine et ses quatre sœurs orphelines, elles, ont été confiées à leur tante paternelle, Anna Protassov, amie intime de l'impératrice Catherine II – position enviable et enviée pour une femme peu cultivée, aux manières vulgaires et au physique rendu grotesque par un excès d'embonpoint. Élevées à la cour comme demoiselles d'honneur, on n'a que peu d'informations sur ce qu'elles y ont vécu. Voici ce que Nathalie, la sœur aînée de Sophie, a reconstitué : « Les demoiselles Protassov, élevées au milieu d'une cour dissolue, prenant dès l'âge de quatorze ans part à toutes les fêtes et réunions intimes du palais, n'ayant pour guide et pour modèle qu'une tante ignorante et ambitieuse, demeurèrent pures et innocentes en dépit de tous les mauvais exemples que la société de ce temps leur offrait journellement, et chose singulière, elles durent à leur vieille parente, qui savait à peine écrire correctement le français, une éducation des plus soignées. »

La rencontre des futurs époux a lieu à la cour. Fédor s'est distingué dans l'armée puis s'est occupé du fils de Catherine II, le futur tsar Paul Ier, malade mental épileptique et dangereux, dont l'impératrice ignore qui est le père. Écarté un temps pour excès de zèle envers ce fils qu'elle déteste, Fédor sera rappelé auprès d'elle.

Parmi les cinq sœurs et les autres prétendantes au mariage, Fédor choisit sans hésitation Catherine, jeune fille de dix-huit ans à l'air hautain, austère et dominateur, qui s'intéresse déjà aux perroquets plus qu'aux hommes. Elle est pauvre, il est riche.

Catherine II impose ce mariage en la dotant. L'incontestable attirance de Fédor pour Catherine est pour moi un mystère. Compte tenu de ce que l'on sait des parents de Fédor, Catherine Protassov, par certains de ses traits de caractère les plus désagréables, ressemble davantage à son père, Basile, qu'à sa mère. L'austérité de Catherine tranche néanmoins avec la dépravation de Basile. Est-ce en réaction à ce qu'elle a connu à la cour de l'« impératrice aux mille amants » dont Nathalie croit savoir, sans livrer plus de détails, qu'elle a partagé les « réunions intimes » ?

À la naissance de Sophie, Catherine II est morte depuis trois ans. Paul Ier lui a succédé, Fédor est son ministre et confident. Le tsar est le parrain de Sophie et couvre Fédor d'honneurs. Déjà la mère de Sophie témoigne de son indifférence, qui frisera plus tard la haine, en n'assistant pas à son baptême, alors que Fédor est épris de sa petite fille qui est sa préférée et celle qui lui ressemble le plus.

Si Nathalie a pu écrire de leur mère : « Nul de nous trois ne lui surprit dans notre enfance un regard doux et attendri », elle est en deçà de la réalité qu'a vécue Sophie, dont Catherine avait fait son souffre-douleur au prétexte de l'éduquer.

La famille Rostopchine habite dans la propriété de Voronovo, près de Moscou. Le château, agrandi de deux pavillons, a trente fenêtres de façade. Le domaine est immense, quarante-cinq mille hectares ; plusieurs milliers de serfs y vivent en autarcie dans les villages environnants. Une centaine de domestiques s'occupent du château mais pas des enfants, proies de leur mère.

Celle-ci s'emploie avec amour à donner des oiseaux-mouches vivants à ses perroquets, de faire cirer les parquets du château par les serfs – une obsession –, mais Sophie a froid car elle est vêtue légèrement (il fait - 60 °C en hiver !), faim car elle doit manger peu et seulement aux repas, soif car elle n'a pas le droit de boire quand l'été brûle. Punitions, humiliations publiques, privations pleuvent. Son père désapprouve mais ne dit rien. À côté de cet entraînement à l'endurance, Catherine enseigne les langues à ses trois aînés : elle leur parle français, allemand, anglais, italien. À l'exception du russe, la langue des serfs, qui ne sont pas mieux traités que sa progéniture.

Je me souviens que mon père parlait couramment six langues mais n'a jamais voulu me parler russe. Je me souviens de son immense bibliothèque de classiques russes dont je n'ai malheureusement pas hérité alors que j'avais appris exprès le russe à l'école. Né à Moscou en 1904, il est arrivé en France avec sa mère vers 1936 après avoir passé sa jeunesse à Berlin où sa famille avait émigré après la révolution de 1917, pensant, à tort, s'y trouver en sécurité. Une autre partie de sa famille, plus perspicace, avait choisi l'Amérique du Sud, mais je n'ai jamais eu de leurs nouvelles.

Ma mère, elle, est née en 1916 à Lausanne, sur le chemin de l'exil de l'Empire ottoman vers la France.

Son père avait fui la Turquie en 1914 où il était condamné à mort et avait été dépossédé de tous ses biens. Fondateur de l'Agence télégraphique ottomane, il avait refusé de collaborer avec le gouvernement lorsque la Turquie était entrée en guerre au côté de l'Allemagne.

Mes parents se sont rencontrés à Paris pendant la Seconde Guerre mondiale, dans le milieu du cinéma où ils travaillaient tous deux, lui comme producteur, elle comme script-girl puis scénariste. « Tu es le riche produit de deux familles ruinées », me dira plus tard ma mère. Ils n'ont jamais pensé que j'aurais aimé en savoir davantage.

Les filles Rostopchine profitent des leçons des précepteurs de leur frère aîné, Serge, qui leur apprennent à écrire, un peu de calcul et de musique à côté des aptitudes ménagères. Mais Sophie ne se laisse pas écraser : elle reste vive, curieuse (un vilain défaut !), impertinente, inventive. De santé robuste, elle est aussi impulsive, comme l'écrit son père : « Sophie passe du rire aux plus violents désespoirs pour des broutilles. Pour avoir laissé passer des mailles en tricotant, elle parle de se tuer : "À présent je ne peux plus vivre, je dois mourir et je mourrai." » Son frère et sa sœur s'en sortent moins bien : Serge est fragile, asthmatique, timide. Nathalie, plus jolie que Sophie, beaucoup plus soumise en apparence, est moins punie mais souvent malade, ce qui lui offre peut-être quelque répit.

L'assassinat de Paul Ier en 1801 a éloigné Fédor du

pouvoir. Mais en 1804 (Sophie a cinq ans), la famille s'installe à Moscou dans une maison splendide car Alexandre 1er, le nouveau tsar, s'est résolu à rappeler le seul ami de son père ; il le nommera, quelques années plus tard, gouverneur de la ville, poste que Fédor occupe lorsque Napoléon, fort de ses victoires, notamment celle d'Austerlitz le 2 décembre 1805 qui humilie la Russie, s'avance aux portes de la capitale en 1812.

C'est à cette période que Catherine, à l'insu de son mari, se convertit au catholicisme. Les jésuites français émigrés en Russie étaient fort prisés comme précepteurs et directeurs de conscience. Les grandes familles se les arrachaient. En quelques années, les conversions se sont multipliées, surtout chez les femmes. C'est l'abbé Surrugues, pourtant réputé prudent et peu enclin au prosélytisme, qui a converti Catherine, en lui conseillant fermement de ne pas en avertir son mari. Celle-ci est allée bien au-delà de ses espérances : « Ma mère, après sa conversion au catholicisme, en adopta aveuglément les croyances les plus absurdes et s'adonna aux pratiques les plus minutieuses de piété ; s'entretenant le plus souvent des matières théologiques, elle mettait toujours de la violence et de l'aigreur dans ses discussions religieuses, qui n'aboutissaient à rien qu'à inspirer une aversion profonde pour une morale jésuitique aussi impraticable qu'absurde », écrira plus tard sa fille Nathalie, restée orthodoxe, et décrivant chez sa mère ce fameux « zèle de prosélyte », qui caractérise les nouveaux convertis, quelles que soient leurs religions d'origine et d'arrivée.

On comprend la fureur de Fédor quand sa femme finit par lui annoncer sa conversion : abjurer l'orthodoxie revient non seulement à trahir la foi de ses pères, mais aussi la Sainte Russie puisque le tsar est le chef de l'Église russe. S'il pardonne la conversion, il ne se demandera pas moins si la mort de deux de ses enfants nés depuis (Paul et Marie) n'est pas une punition divine. La mort de Marie sera la seule occasion où l'on verra pleurer Catherine – non parce que la petite fille est morte, mais parce qu'elle n'a pas eu le temps d'être baptisée.

Selon Nathalie, les enfants subiront la frénésie de leur mère, qui, ayant finalement trouvé dans la religion catholique une justification à sa cruauté, parle au nom de Dieu, les accable de lectures édifiantes et de sermons – fanatique, elle ne retient des Évangiles que ce qui justifie son comportement, mettant de côté ce qu'elle est incapable d'éprouver : la compassion, la tolérance, l'amour du prochain. S'identifiant à un dieu vengeur, abusant du pouvoir qu'elle s'octroie, elle s'est donné pour mission de convertir les orthodoxes, autant dire toute sa famille et pourquoi pas toute la Russie, qu'elle considère, à l'instar de l'Église catholique, comme des schismatiques.

Je me souviens d'avoir toujours su que mon père était russe, mais il ne m'a jamais dit qu'il était juif. Jusqu'à sa mort, j'ai cru naïvement que tous les Russes étaient orthodoxes. Dans quelles circonstances sa famille, vivant à Moscou et, selon la légende familiale, exploitant le pétrole de Bakou, au bord de la mer Caspienne, avait quitté la Russie, je ne l'ai jamais su. Le jour de l'enterrement de mon père, j'ai eu la surprise de découvrir toute une parentèle dont j'ignorais l'existence. Des cousines pas très éloignées m'ont demandé pourquoi je ne venais jamais aux fêtes juives où elles me conviaient par son intermédiaire. Oui, pourquoi ?

Ma mère non plus ne m'a jamais dit qu'elle était juive. Ma grand-mère maternelle disait s'être convertie au catholicisme avant la Première Guerre mondiale – par conviction ? La réalité est plus complexe mais il n'empêche qu'à mes yeux, elle a toujours été catholique. Pour mon frère aîné, né le 13 avril 1941 à Nice, encore en zone libre, et baptisé le 14 mai avec pour parrain l'acteur Pierre Blanchar connu pour être « le plus beau regard du monde », un certificat de baptême était une protection. Née en 1947, j'ai moi-même été dûment baptisée, avec comme parrain André Dewavrin, plus connu sous le nom de colonel Passy, chef des services secrets de la France libre auprès du général de Gaulle. Élevée dans la religion catholique comme une évidence, j'allais seule à l'église de l'Assomption tous les dimanches. Dans les papiers de ma mère, j'ai retrouvé après son décès une petite carte que j'avais glissée sous la porte de sa chambre : « N'oublie pas que je fais ma communion solennelle demain ! » À mon grand désespoir, elle avait refusé de m'offrir pour l'occasion une robe en organdi, au profit d'une aube très austère du meilleur goût.

Yasmina Reza dit dans une interview: « Mes parents n'étaient pas des gens qu'on peut simplifier. » Les miens non plus. Raison nécessaire pour entreprendre une psychanalyse, mais pas suffisante pour en faire un métier.

Pourquoi la famille Rostopchine, riche et puissante, a-t-elle émigré en France ? L'incendie de Moscou dans la nuit du 15 au 16 septembre 1812 a rendu Fédor Rostopchine célèbre, mais a entraîné sa disgrâce et son émigration.

Gouverneur de la ville, il a d'abord pris soin d'éloigner les siens à Iaroslavl, dans la propriété d'un riche bourgeois, à trente-six heures de la capitale. Quand Napoléon se présente pour conquérir le Kremlin, Moscou est déserte. Vaguement déçu mais confiant, il s'installe avec sa garde dans une maison du faubourg de Dorogomilov. Vers deux heures du matin, la ville entière s'enflamme, le vent est de la partie, toutes les pompes à incendie ont été enlevées, les palais s'écroulent jusqu'au Kremlin. Napoléon et sa garde sont défaits. Son aide de camp, le général Philippe-Paul de Ségur, oncle du futur mari de Sophie, fera, en historien, le récit de cette campagne. Henri Beyle, alias Stendhal, chargé de la direction des approvisionnements à Moscou, est également sur le terrain des opérations. Il note dans son journal: « Rostopchin faisait sans cesse mettre le feu de nouveau. » Il vivra l'agonie de la retraite jusqu'à la Bérézina.

Sur neuf mille maisons moscovites, sept cents resteront intactes, dont les deux palais des Rostopchine, Sokolniki et la Loubianka (qui à cette époque n'est pas le tristement célèbre siège du KGB), mais ce n'était pas prémédité. Sophie, alors âgée de treize ans, a vu pendant plus de huit jours « non les flammes mêmes du grand incendie, mais tout l'horizon en feu, semblable à une aurore boréale », écrira son fils Gaston dans ses Mémoires.

Le rôle de Fédor Rostopchine dans l'incendie de la ville dont il était le gouverneur est incontestable – « Brûler Moscou plutôt que de l'avilir en la livrant », a-t-il déclaré –, même si, dix ans plus tard, il s'en est défendu dans une brochure de circonstance intitulée *La Vérité sur l'incendie de Moscou*. Pour achever sa mission, quittant Moscou en flammes, il est allé jusqu'à mettre le feu à son propre château de Voronovo, traçant ces mots près de l'église au milieu du parc : « J'ai été huit ans à embellir cette maison de campagne et j'y ai vécu heureux au sein de ma famille. Les habitants de ce domaine, au nombre de mille sept cents âmes, le quittent à votre approche et je mets, de ma propre impulsion, le feu à ma maison, afin qu'elle ne soit pas souillée par votre présence. Français, je vous ai abandonné mes deux maisons de Moscou avec un ameublement valant un demi-million de roubles. Ici vous ne trouverez que des cendres. » Les serfs ont raconté que parmi les ruines, les souris échappées des flammes étaient devenues toutes blanches de frayeur.

Si la débâcle de la Grande Armée est un succès pour la Russie et une chance pour la coalition européenne, si le tsar a récompensé Fédor pour sa vaillance, la noblesse de Moscou ne pardonne pas à Rostopchine la perte de ses biens. Fédor, qui supporte très mal les calomnies dont il fait l'objet, s'éloigne de sa famille après avoir fait un dernier enfant à sa femme et finit par donner sa démission.

Après l'incendie de Moscou et de Voronovo, les Rostopchine sont hébergés chez des cousins de Catherine en attendant que les travaux de leur nouvelle demeure de Saint-Pétersbourg soient terminés. Au cours d'une promenade dans le vaste parc de la tante Tolstoï (une des sœurs de Catherine a épousé un cousin éloigné de l'écrivain), un orage survient. Sophie et sa duègne s'abritent sous le toit d'un kiosque. Un jeune noble danois, hôte des Tolstoï, s'y trouve déjà et la conversation s'engage entre les jeunes gens. Une vieille dame d'honneur, elle aussi surprise par la pluie, les rejoint et rapporte, en bonne commère, « l'épouvantable scandale du kiosque ». Fédor étant alors en cure aux eaux de Töplitz, Catherine y voit-elle l'occasion de soumettre sa fille ? Elle réagit en l'injuriant devant invités, parents et domestiques, terminant sa harangue par une crise hystérique spectaculaire mimant l'épilepsie. Le jeune Danois est chassé. La famille plie bagage dès le lendemain et Catherine enferme Sophie à clé dans sa chambre de Saint-Pétersbourg. Celle-ci, brisée par cette violence, ne comprenant pas sa faute, ne mange plus, ne dort plus, perd sa voix. Sa mère laisse passer plusieurs jours avant de pénétrer dans la chambre avec un père jésuite. Au bout de quelques heures, elle en ressort transfigurée et hurle en russe : « Elle a abjuré ! Dieu soit loué ! »

Nul doute qu'à son retour, Fédor n'a apprécié ni l'affaire du kiosque ni l'abjuration de Sophie. Rudoyée et désavouée par son père, elle ne recouvre ni l'appétit ni la parole. Mais c'est Serge qui préoccupe le père et lui fait frôler l'apoplexie. Sophie a pu observer de près les résultats de l'éducation de ses parents, dont elle n'a pas été la seule à subir la rigueur : à dix-neuf ans, en plus de ses dettes de jeu, son frère vole, boit plus que de raison et veut épouser une femme de quarante-six ans son aînée. Dès qu'il arrache l'autorisation de son père, la belle file avec un officier de la garnison ! Serge menace de les tuer.

Nathalie et Lise, les sœurs de Sophie, résistent à leur façon au prosélytisme de leur mère. « Toutes deux, le soir, récitaient une prière d'un fanatisme effrayant ; elles suppliaient Dieu de les foudroyer au moment où l'idée de changer de religion se présenterait à leur esprit », relate la biographe Marthe de Hédouville. Avec André, le dernier-né, venu au monde un an jour pour jour après l'incendie de Moscou, Catherine emploiera une autre méthode. Il sera outrageusement gâté, sa mère cédant à toutes ses volontés pour lui faire embrasser au plus vite le catholicisme… sans succès quant à sa conversion, mais avec des résultats déplorables sur son comportement futur. Catherine ne renoncera jamais à sa mission et des années plus tard, sur le lit de mort de sa dernière fille, Lise, emportée par la tuberculose, elle aura l'immense joie de lui offrir le viatique en lui glissant une hostie dans la bouche.

Après la retraite de Napoléon, Fédor est au plus mal. Stigmatisé comme « l'incendiaire de Moscou », il erre de cure en cure avant de trouver refuge en France et d'y faire venir sa famille. Seul son fils Serge restera en Russie. Napoléon exilé et Louis XVIII acclamé, Fédor est fêté comme un héros par les dignitaires de la Restauration.

Dans les *Mémoires d'outre-tombe*, Chateaubriand transforme « l'homme rangé, bon époux, et excellent père » à l'esprit « supérieur et cultivé » que décrit Philippe-Paul de Ségur (futur oncle par alliance de Sophie) dont il s'inspire en « homme instruit et spirituel » mais dont « la pensée se cache sous une certaine bouffonnerie ; espèce de Barbare policé, de poète ironique, dépravé même, capable de généreuse disposition tout en méprisant les peuples et les rois : les églises gothiques admettent dans leur grandeur des décorations grotesques ». Fédor « dépravé », vraiment ? Mais d'où le vicomte tient-il cette insultante information ?

Pour accueillir dignement sa famille à Paris, Fédor Rostopchine a acquis le somptueux hôtel particulier du maréchal Ney, avenue Gabriel. Les statues qui le décorent, impudiques aux yeux de Catherine, seront prestement recouvertes de chemises blanches par ses soins. Paris est une ville de perdition mais elle souhaite que Sophie y trouve un mari catholique.

Sophie a maintenant dix-huit ans et la vie devant elle. Elle est belle, comme en témoigne son portrait par Oreste Kiprensky exposé au musée Carnavalet, elle est riche, elle parle français. Réconciliée avec son père, elle a retrouvé son dynamisme, sa gourmandise, sa vitalité. Son enfance éprouvante est derrière elle mais, dans les situations émotionnelles intenses, elle souffre de migraines et perd sa voix. Entre son arrivée à Paris et son mariage, elle vit ses plus belles années.

Comme il se doit, elle va rencontrer son futur époux, Eugène de Ségur, au cours d'un bal « arrangé » par leurs mères respectives et une amie des deux familles, Mme Swetchine. Il a un an de plus qu'elle, il est beau, elle lui plaît. Qu'apprécie-t-il ? Sa fraîcheur, son physique, sa richesse – il est noble mais désargenté –, la blancheur de ses dents (un critère de beauté à ses yeux), sa spontanéité ?

Il est catholique, ce qui enchante Catherine, mais la religion est loin d'être au centre de la vie des Ségur. Les temps ont changé depuis l'exil de l'Empereur, mais il n'échappe à personne qu'Eugène de Ségur choisit d'épouser la fille de l'ennemi contre lequel son oncle, le général-historien Philippe-Paul de Ségur, a combattu auprès de Napoléon. Il avait à l'époque tenu pour un barbare celui qui avait ordonné l'incendie de Moscou. « Il est trop beau, elle sera malheureuse », prédit quant à lui l'incendiaire. Fédor ne s'est pas trompé. Il n'empêche que Philippe-Paul de Ségur, pas rancunier, sera quasiment le seul de cette famille à vouer une réelle amitié à « l'étrangère ».

Au même bal, la sœur aînée de Sophie, Nathalie, rencontre aussi son futur époux, le colonel Dimitri Narychkine, orthodoxe comme elle. Ils se marieront huit jours après Sophie et Eugène, mais pas dans la même église. Les noces auront lieu à l'Assomption dans la chapelle privée du cardinal de La Luzerne pour Sophie et Eugène, à la chapelle orthodoxe de l'ambassade de Russie pour Nathalie et Dimitri.

Je me souviens que pour écrire *Une journée particulière* de la vie de Françoise Dolto, cette psychanalyste qui a tant influé sur ma pratique, j'avais plongé dans ses écrits autobiographiques. Autres temps, autres mœurs. Si les mariages mixtes entre chrétiens étaient inenvisageables au XIXe siècle (et le sont encore aujourd'hui dans les milieux intégristes), le fait que Françoise Marette, catholique française, épouse Boris Dolto, russe orthodoxe, né en Crimée et émigré en France en 1923, ne posa aucun problème à la mairie du cinquième arrondissement, où ils se marièrent civilement le 7 février 1942. En revanche, qu'un pope uniate accepte de les marier religieusement, le 12 février 1942, à l'église catholique russe de Paris, était à l'époque tout à fait exceptionnel. Par une curieuse coïncidence, c'est après un séjour (pas très catholique !) dans la forêt de L'Aigle non loin du château des Nouettes où vécut la comtesse de Ségur que le couple décida d'avancer la date de ses noces.

Sans surprise, selon les mœurs de l'époque dans Paris occupé, le patron d'une école de kinésithérapie rivale de celle qu'avait créée Boris Dolto le dénonça comme juif et communiste. « Les Allemands sont arrivés, quatre Allemands, rue Cujas, lui demandant de prouver qu'il n'était pas juif. Alors il l'a prouvé avec ses papiers : "Je suis orthodoxe, je suis inscrit à l'église de la rue Daru. — Déshabillez-vous !" » Il a été obligé de se déshabiller pour prouver qu'il n'était pas circoncis : « "Je vous demande pardon, docteur", au garde-à-vous », raconte sa femme dans *Autoportrait d'une psychanalyste.*

Sophie est affranchie de sa mère, mais sa belle-mère prend le relais pour lui empoisonner la vie. Qui sont ses beaux-parents ? Octave de Ségur a épousé très jeune Marie-Félicité d'Aguesseau, sa cousine germaine. Ils ont rapidement trois fils dont Eugène, l'aîné. Félicité est dame du palais de Joséphine et ne suit pas son mari dans les déplacements imposés par ses fonctions. Elle est mondaine, volage, très volage ; lui souffre d'une jalousie morbide mais pas injustifiée. Assez instable, il disparaît pendant un an, errant en simple soldat avec ce qui reste de la Grande Armée. À son retour, il essaie sans succès de reconquérir son épouse. Sa dernière lettre est son ultime tentative : « Si vous n'êtes pas chez moi avant six heures, vous vous en repentirez toute votre vie. » Elle ne vient pas, il se suicide en se jetant dans la Seine. Cela se passe en 1818, peu avant la rencontre d'Eugène et de Sophie. Plus qu'attachée à son fils qui le lui rend bien, Félicité se drape dans sa dignité de veuve – retrouvée après un bref séjour au couvent – pour tenter de régenter le couple. Est-il utile d'ajouter qu'elle n'appréciera jamais Sophie – et réciproquement –, surtout lorsque celle-ci se révélera moins riche que prévu ?

Eugène, lui, a été élevé à la dure au château de Fresnes, chez son grand-père maternel, le marquis d'Aguesseau. Page de Napoléon à seize ans, il est devenu encore plus volage que sa mère. Il aura de multiples aventures dans tous les milieux sans qu'on lui connaisse de maîtresse attitrée ou d'enfant illégitime. Les « infidélités domestiques d'Eugène », comme on les appelle dans la famille, entraînent chez Sophie des scènes de jalousie mémorables.

L'argent joue un rôle important dans le couple : Eugène se montre plutôt avare, voire mesquin, alors que lui-même n'a ni château ni fortune. Pair de France, grand-croix de la Légion d'honneur, il n'en acceptera pas moins, au grand dam de son milieu aristocratique, un poste à la direction de la Compagnie des chemins de fer de l'Est. Sophie, privée de sa dot à la mort de son père, cherchera, elle aussi, à gagner de l'argent, activité impensable dans son milieu.

Contrairement à son mari, elle n'aime ni Paris ni la vie mondaine. En 1820, peu après son mariage, son père lui offre pour ses étrennes le château des Nouettes, près de L'Aigle, où elle passera le plus clair de son temps, son mari n'y venant que pour lui faire des enfants. En quinze ans, entre ses vingt et un et ses trente-six ans, elle en aura huit : Gaston, son préféré, Renaud décédé à six semaines probablement de la diphtérie, Anatole, Edgar, puis les filles, Nathalie, une authentique beauté, et les jumelles, Sabine et Henriette. La petite dernière, Olga, la laissera épuisée et bien décidée à ne plus jamais avoir d'enfant, avec les conséquences qu'on imagine sur ses relations avec Eugène déjà refroidi par l'oreiller en caoutchouc gonflable et le lit spartiate, « à la russe », de son épouse.

Sophie nourrit et élève elle-même ses enfants. Ce n'est la règle ni pour l'époque, où l'on confie les enfants à des nourrices, ni dans son milieu, où les garçons sont envoyés en pension et les filles au couvent. Forte de sa propre expérience et de sa nature généreuse, on peut penser qu'elle a pris le contrepoint de l'éducation qu'elle avait reçue. Mais bien que l'éducation soit son domaine réservé, Eugène n'y est pas indifférent, surtout en ce qui concerne la carrière de ses fils.

Gaston, l'« amouret » de la comtesse, deviendra plus tard l'homme de sa vie. C'est l'aîné, l'élu, un garçon désiré dont le destin est d'hériter de la pairie. À dix-huit mois, il a vécu le décès de son frère cadet et la profonde tristesse de Sophie. Très attaché à sa mère qui le lui rend bien, on sait qu'il aime jouer à la maman en inversant les rôles, se déguiser en fille avec ses robes, sa tête enveloppée d'un châle, faisant des mines devant le miroir, témoignant peut-être d'une orientation sexuelle incertaine, même si à l'époque, dans ce milieu et cette région, petits garçons et petites filles portaient tous les mêmes robes. Sa mère l'éduque sans violence, avec discernement et beaucoup de tendresse tandis que sa grand-mère paternelle ne lui passe rien et lui pince l'oreille à chaque bêtise, au point que la blessure ne cicatrise pas. C'est au grand désespoir de Sophie qu'Eugène le mettra en pension comme ses frères à l'âge de six ans, au collège de Fontenay-aux-Roses puis au collège royal Bourbon, où il restera jusqu'à son bachot, épreuve qu'il supportera mal : il envoie à sa mère des lettres plaintives qui sont autant de déclarations d'amour, assorties de dessins talentueux souvent humoristiques. Cette séparation douloureuse survient au moment où Sophie est confrontée à la mort de sa sœur cadette, puis de son père.

En 1823, Fédor repart pour la Russie avec sa femme et ses deux derniers enfants, Lise et André. Peu de temps après le retour au pays natal, Lise meurt à dix-sept ans de tuberculose, brisant le cœur de son père. C'est aussi le début de ses ennuis financiers. Rostopchine, décédé deux ans après sa fille, a déshérité sa femme au profit de ses enfants, mais Sophie ne touchera jamais la totalité de sa dot, le banquier russe chez qui les fonds ont été déposés ayant fait faillite. Ce qui reste de l'héritage sera âprement disputé entre frères et sœurs. Eugène en voudra à Sophie, et sa belle-mère plus encore.

À la fin de ses études secondaires, Gaston, devenu très beau garçon, s'inscrit simultanément à des cours de droit et de dessin. C'est un excellent artiste, dessinateur, peintre, caricaturiste et musicien. Mais à dix-huit ans, influencé pour ne pas dire subjugué par sa grand-mère maternelle, la redoutable Catherine, Gaston prend la décision de devenir prêtre au lieu de se marier et fait vœu de célibat au grand dam de sa famille. Déception pour son père, qui le destinait à la diplomatie et à la pairie, tandis que sa mère, folle de désespoir, déclare qu'elle aurait préféré le voir mourant… ou mort. « Cet état d'angoisse ne disparut qu'au bout de cinq longues années devant l'évidence de la réalité », écrira plus tard Gaston, qui entre donc au séminaire à vingt-trois ans. La carrière ecclésiastique était courante dans la noblesse mais pas dans la famille Ségur, plutôt engagée dans l'armée depuis plusieurs générations. Chez Eugène comme chez Sophie, la religion occupait une place des plus restreintes, une convention plus qu'une conviction.

J'imagine qu'en d'autres temps, Gaston, s'il avait été libre de suivre ses penchants, serait devenu artiste, peintre (le rêve de sa mère) ou musicien, et homosexuel. Si la prêtrise a contenu ses pulsions sexuelles, sa cécité survenue à l'âge de trente-quatre ans alors qu'il est en train de peindre un portrait de sa mère l'empêche également de dessiner. Alors qu'il a joué un rôle important dans les relations entre la France et le Saint-Siège, son infirmité, qu'il considère comme une grâce, fait obstacle à sa carrière mais lui permet de retourner… près de sa mère et de se consacrer aux œuvres sociales. Ayant troqué les robes du vestiaire maternel contre la soutane, il dispensera un amour chaste aux jeunes apprentis. Il régentera la vie familiale, occupant la place laissée vide par son père auprès de sa mère, la « convertissant » (une fois de plus !) sans qu'elle verse dans le fanatisme, corrigeant plus tard sa littérature quand il ne la trouve pas assez « morale ». Mais nous n'en sommes pas là.

Je me souviens de l'époque maintenant lointaine où mon fils aîné a interrompu une carrière d'acteur de cinéma et de théâtre prometteuse pour entreprendre des études talmudiques puis rabbiniques. Je n'ai pas mis cinq ans à m'en remettre, mais pas loin ! Ma mère a mis plus longtemps encore. Mon fils la confrontait à ses origines juives qu'elle taisait farouchement. Elle pensait que l'antisémitisme continuerait toujours à menacer les Juifs. « Si tu veux mourir, cela n'engage que toi », lui écrivit-elle. Je la trouvais trop pessimiste, mais quelques attentats antisémites plus tard qu'elle n'a pas connus, j'ai changé d'avis. Plus finement et non sans malice, son petit-fils rabbin pense qu'« elle était très intelligente. Quand on est intelligent, on fait tout pour arrêter d'être juif. Il faut bien vivre ». Il est la preuve vivante qu'en étant très intelligent, on peut choisir une autre voie… et avoir de nombreux enfants.

Dans ma famille aux valeurs laïques et progressistes, la religion n'occupait jusqu'alors aucune place, d'autant que nos origines étaient pour le moins confuses. Bien qu'élevée dans la religion catholique avec conviction mais seulement jusqu'à douze ans, je n'ai su que fort tard, grâce à mon fils aîné, que mon père et ma mère étaient juifs. Je ne m'en étais jamais préoccupée, même pas pendant mon analyse. À croire que j'avais d'autres problèmes à résoudre.

En enquêtant sans relâche, mon fils a remis de l'ordre dans cette confusion des origines alimentée par les non-dits et les mensonges, pour le plus grand bien de toute la famille. Dans la ville de Strasbourg où il officie, je suis fière aujourd'hui d'être connue comme « la mère de ». Mes amis ont rarement autant de petits-enfants que moi (douze), et en tant qu'arrière-grand-mère, je les bats tous (dix arrière-petits-enfants à ce jour – car ce n'est qu'un début).

À trente-six ans, Sophie sort brisée d'une grossesse non désirée et d'un accouchement qui a failli l'emporter. Certes, elle chérit Olga plus que ses autres filles, mais celle-ci a connu une mère malade pendant… une bonne dizaine d'années, de 1836 à 1847. « Du plus loin que mes souvenirs me reportent en arrière, écrira-t-elle plus tard, je vois la douce figure de ma chère maman, toujours souffrante […]. Les jours de migraine de notre chère maman, les Nouettes devenaient une succursale de la Trappe pour le silence, notre bien-aimée malade ne pouvant supporter aucun bruit. On allait et venait dans le corridor sur la pointe des pieds ; la parole devenait un souffle et se faisait rare lorsqu'on entrait chez notre bonne mère pour savoir de ses nouvelles. On ouvrait à deux mains pour empêcher tout mouvement précipité, la première porte qui isolait déjà la chambre de tout bruit; puis l'on redoublait de soins pour celle même de la chambre et l'on entrait lentement, lentement, dans la pièce restée obscure à dessein. » Gaston, pensionnaire, lui envoie chaque jour des lettres d'amour tandis qu'Eugène la fuit dans le monde parisien.

Souffrante, Sophie retrouve les fragilités qu'elle a connues plus jeune: les migraines accompagnées de nausées, de surdité, l'incapacité à supporter la lumière, l'extinction de voix (d'où la fameuse ardoise où elle inscrit à la craie ce qui ne sort plus de sa gorge), à quoi s'ajoutent les maux de reins dus probablement à une infection urinaire et gynécologique. Entre ces épisodes atrocement douloureux, elle continue de s'occuper de ses filles, qui n'iront pas au couvent. Quant à ses fils, tous pensionnaires contre son gré, elle ne les voit qu'aux vacances.

Elle vivra successivement la mort de Louis XVIII et l'avènement de Charles X, la révolution de 1830, le règne de Louis-Philippe, la révolution de 1848, l'élection comme représentant du peuple puis président de la République du futur Napoléon III et le coup d'État du 2 décembre 1851 qui en fera l'empereur des Français. Les Ségur ont hésité mais se sont ralliés au prince Louis-Napoléon. Sophie, qui suit les positions royalistes de l'aristocratie en général et des Ségur en particulier, sera en revanche sensible au soulèvement des Polonais écrasés par le tsar Nicolas Ier, qu'elle critique violemment.

Mais que de pertes dans sa vie personnelle: son pays

natal qu'elle ne reverra jamais, un fils en bas âge, sa sœur Lise (1824), son père (1826), son frère Serge mort en Russie à quarante-deux ans d'une inflammation des poumons (1838), ses fils en pension, sa dot évaporée, son mari qui s'éloigne… Ses filles sont-elles une raison suffisante pour continuer à vivre ? Le plus étonnant est qu'elle soit finalement sortie de ce qu'Alain Ehrenberg appellerait « la fatigue d'être soi » et, qu'ayant recouvré la santé, elle entame la partie la plus féconde de sa vie : les femmes ne mettent pas au monde que des enfants !

Est-ce d'avoir accueilli le charmant Woldemar, à peine plus âgé qu'Olga, qui l'a ranimée ? Woldemar est le fils de son frère aîné et de la comtesse Marie Filippi, arraché à Catherine à la mort de Serge car, fidèle à elle-même, elle l'avait pris en aversion.

Est-ce le décès de sa belle-mère en 1847, quelque peu repentie de sa conduite envers elle ?

Est-ce le premier mariage de la fratrie, celui de Nathalie, avec le baron Paul d'Ayguevives de Malaret (1846) ? La veille, Sophie a retrouvé sa vitalité et ses vigoureux conseils à sa fille témoignent de la confiance qu'elle accorde à la vie : « Surtout ne pleure pas demain. Il n'y a rien de plus ridicule et de plus embarrassant à voir qu'une mariée larmoyante. Pourquoi des pleurs quand on a confiance en celui qu'on épouse ? C'est désagréable pour lui et assommant pour les autres. Je te préviens que pour ma part je ne pleurerai pas. Ainsi, compte là-dessus et ne va pas t'attendrir car tu serais toute seule. Je suis heureuse de ton bonheur ; j'ai confiance en celui qui va être ton mari. Je serais donc injuste et sotte de lui faire voir une émotion pouvant lui faire croire à de la méfiance de ma part sur ton bonheur futur. » Dans *Quel amour d'enfant !*, elle rapporte le conseil que Victor Hugo donnait à sa propre fille lors de son mariage : « Sors avec une larme, entre avec un sourire. » Conseil à ne pas suivre chez les Ségur.

Est-ce son voyage de six mois à Rome en 1853, avec ses filles, où elle rejoint Gaston, nommé auditeur de La Rote ? Elle y est reçue en audience particulière par Sa Sainteté Pie IX et fait la connaissance de Louis Veuillot. D'origine modeste, polémiste célèbre, catholique ultramontain virulent défenseur de l'infaillibilité pontificale, antijudaïque primaire, celui-ci a perdu en quelques mois sa femme et quatre de ses six filles. Très apprécié par la comtesse de Ségur, il séjournera fréquemment aux Nouettes, et l'encouragera à publier ses œuvres dont il était un grand admirateur.

Est-ce d'être devenue grand-mère ? Camille de Malaret, la fille aînée de Nathalie, est sa première petite-fille et sera plus tard la première lectrice de ses manuscrits. Après Madeleine, la sœur de Camille, elle aura encore dix-huit petits-enfants. Une précieuse source d'observation ! Je ne sais pas comment se comportaient les grands-mères sous le Second Empire mais j'imagine que Sophie n'était pas dans la norme de son milieu, si tant est qu'il en existât une. Elle aimait ce rôle, savait jouer au loto, à l'écarté, aux dominos, à la marchande, racontait les histoires qu'elle inventait, se promenait dans les bois plusieurs fois par jour. Avec les enfants, elle se montrait patiente (ce qui n'était pas sa principale qualité par ailleurs), aimante, généreuse, organisant des goûters et des fêtes très gaies.

Le tout, sans être une grand-mère abusive, sinon pour ses préférés – elle n'a jamais prétendu aimer tous ses enfants et petits-enfants de la même façon. « À la naissance de mon petit Jacques, écrira Olga, ma mère s'en empara, à la lettre. Le premier-né de sa dernière-née fut pour elle un enfant à part. Elle venait chaque matin lui donner elle-même son bain, faire elle-même sa toilette et le cher petit devina vite l'immensité de l'affection qu'il inspirait. Dès qu'il put comprendre, il voulut, de préférence, être tenu par ma mère. Quelque affamé qu'il était, il oubliait toute nourriture pour regarder "grand-mère" et pour lui sourire. Enfin son premier mot, qui ravit ma chère maman, en la touchant jusqu'au plus profond de son cœur, fut pour l'appeler. »

Oui, un enfant, dès son plus jeune âge, est un être de communication, capable de faire passer ce désir de relation avant ses besoins. Le petit Jacques, quoique affamé, préfère communiquer avec sa grand-mère qui est tout attention plutôt que de satisfaire immédiatement sa faim. Le plaisir qu'y prend la comtesse n'y est pas pour rien. Et si le premier mot de cet enfant fut pour la nommer, on conçoit aisément qu'avant même de posséder le langage, il était déjà dans l'échange et comprenait ses paroles. On sait aujourd'hui que lorsqu'un nourrisson repu se remet à pleurer, il est inutile de le gaver de lait : c'est d'échanges dont il reste assoiffé et ceux-ci vont l'apaiser, sous réserve qu'on s'adresse à lui, portable éteint.

Une autre scène, toujours rapportée par sa fille, témoigne, de la part de la comtesse, d'une compréhension stupéfiante des enfants :

> Mon petit Jacques avait alors un an environ. « Olga, me dit-elle sans préambule, il faut veiller sur la bonne. Je crains qu'elle ne batte mon pauvre Jacquot. — Le battre, chère maman ! m'écriai-je profondément surprise, car je savais l'enfant très bien soigné ; comment pouvez-vous croire ?… — Jacquot vient de me le dire. » Je restai un instant confondue. « Mais il ne sait pas parler ! repris-je en sortant de la stupeur où m'avait plongée cette réponse, faite sur un ton très positif. — Et tu crois que malgré cela il ne se fait pas comprendre, ce pauvre amour ! répliqua ma mère avec animation. Écoute et tu vas voir ! Je l'ai rencontré tout à l'heure, en venant chez toi ; il était dans les bras de sa bonne. Il paraissait triste. Je lui ai dit : "Qu'est-ce que tu as, mon chéri ?" Il a répondu : "Bobonne, hon. — Qu'est-ce qu'elle t'a fait, bobonne ? — Hon, hon, pan !" et il m'a donné une immense claque. "Elle t'a tapé aussi fort que cela, mon pauvre gros ?" À son âge, on ne peut pas mentir, ainsi tu vois !!! Veilles-y ! »

La comtesse serait-elle une ancêtre lointaine de Françoise Dolto, aussi incomprise qu'elle à ses débuts ? Au XIXe siècle, les enfants, quel que soit leur âge, étaient traités de menteurs s'ils avaient l'audace de se plaindre de leurs parents ou de leurs éducateurs. À partir des années 1990, on a entendu dire qu'« un enfant ne ment jamais ». La comtesse est on ne peut plus moderne en affirmant qu'en deçà d'un certain âge un enfant ne peut pas mentir. Cela laisse entendre que les enfants plus grands le peuvent. Heureusement, car la première fois qu'un enfant ment, il fait une découverte fondamentale : les adultes ne lisent pas dans ses pensées comme il pouvait se l'imaginer. Si un enfant ne mentait jamais, il lui manquerait de s'être confronté à la différence entre le réel et le fictif, entre le vrai et le faux. Quand on a affirmé qu'un enfant ne mentait jamais, on pensait aux révélations concernant les abus sexuels. L'expérience a montré que les adultes qui, professionnellement ou occasionnellement, recueillent la parole d'un enfant peuvent osciller entre sous-évaluation et surévaluation. Un enfant ne parle pas pour « dire la vérité » mais pour être en relation. Ne pas sacraliser la parole de l'enfant autorise à émettre des doutes devant des propos insolites mais permet aussi de déceler une souffrance derrière des paroles anodines.

Je me souviens des consultations de nourrissons de Françoise Dolto auxquelles j'ai assisté jusqu'à son décès en 1988. Toutes proportions gardées, l'attitude de la comtesse face à son petit-fils m'évoque l'attention que Françoise Dolto portait à la moindre manifestation d'un enfant.

Elle avait pris sa retraite en 1986 et ne recevait plus de patients, ni en privé, ni en institution, considérant que du fait de sa notoriété, on s'adressait à elle pour de mauvaises raisons. Elle préférait désormais adresser ailleurs ceux qui voulaient la consulter. Mais elle continuait à recevoir rue Cujas, au rez-de-chaussée du cabinet médical de sa fille, les enfants de moins de trois ans placés en pouponnière par décision de justice que des professionnels avec qui elle collaborait depuis de nombreuses années lui envoyaient toujours. Vu leur âge, ils n'étaient pas sensibles à sa notoriété. Soucieuse de transmettre son expérience avec les tout-petits jusqu'à son dernier souffle, elle ouvrait ces cures à des psychanalystes qui, selon elle, formaient le « chœur antique ». À ce titre, ils pouvaient intervenir, être interpellés par l'enfant ou par elle, et même chanter tous en chœur.

Avant de connaître l'existence de cette consultation, j'avais été contactée et « évaluée » par cette institution, la pouponnière d'Antony, pour recevoir leurs jeunes pensionnaires, trop nombreux pour que Françoise Dolto puisse tous les traiter. L'ayant appris, elle m'a proposé d'assister à ses consultations. Une formation intensive et accélérée car elle se sentait déjà souffrante. J'ai pu, comme mes collègues, la voir inlassablement tirer ses théories de sa pratique, réalisant qu'elle n'était pas une « magicienne », mais une géniale clinicienne.

Dès 1986 et pendant quinze ans, j'ai reçu ces enfants, moi aussi en présence de collègues, psychologues, pédopsychiatres, psychanalystes ou pédiatres qui participaient à la cure et se formaient. À ceux qui doutaient et doutent encore qu'on puisse pratiquer la psychanalyse avec un enfant qui ne parle pas encore, Françoise Dolto disait : « Ce qui est important, ce n'est pas qu'il soit un enfant, c'est qu'on s'adresse à lui comme à une personne n'ayant provisoirement que des moyens d'enfant. » Un propos que la comtesse de Ségur n'aurait pas démenti.

Pour en revenir à la guérison de la comtesse, est-ce enfin sa première expérience éditoriale qui l'a sauvée ? À cette époque, elle n'a encore jamais songé à publier les contes et récits qu'elle lit à ses petits-enfants pendant leurs vacances aux Nouettes. Gaston, en revanche, avant de devenir définitivement aveugle, avait écrit un opuscule intitulé à l'origine *Règlement de vie*. La Société de Saint-Vincent-de-Paul ayant refusé sèchement de le publier, Sophie, sortant de sa torpeur, s'est acharnée à le faire éditer à compte d'auteur, sur ses propres deniers. Ces *Réponses aux principales objections contre la religion* ont fait un tabac ! Dépassant avec les traductions le million d'exemplaires, Gaston de Ségur devint le prélat le plus lu d'Europe. Quant à elle, dans son milieu mais pas seulement, il n'était pas bien vu que les femmes publient leurs écrits et encore moins sous leur nom. Sa contemporaine George Sand, qu'elle n'appréciait guère, en savait quelque chose. Une suite d'heureux hasards et de nécessité a pourtant orienté différemment sa vie.

Son futur éditeur, Louis Hachette (1800-1864), exclu de l'École normale, a commencé modestement par l'achat d'une petite librairie éditant des livres pédagogiques puis, plus tard, des auteurs prestigieux comme Michelet, Sainte-Beuve, Eugène Sue ou Littré. Au fronton de ses bureaux on pouvait lire : « J'enseignerai quand même. »

En 1852, voyant le développement des lignes de chemin de fer, Louis Hachette a l'idée de créer l'ancêtre des relais H, sur le modèle de ce qu'il a observé en Angleterre : des kiosques de vente dans les gares des grandes villes dont il aurait le monopole et qui présenteraient un vaste choix… des livres de sa maison pour que les voyageurs puissent s'instruire ou se distraire. Le genre littéraire (littérature française, étrangère, agriculture et industrie, voyages, livres pour enfants) serait reconnaissable à la couleur de la couverture. Le rose serait destiné aux enfants, garçons et filles. Il se met alors en quête d'auteurs pour toutes ces collections.

À la même époque, Eugène de Ségur, tout juste devenu président de la Compagnie des chemins de fer de l'Est, inaugure la ligne Paris-Strasbourg. Parmi les invités, Louis Hachette et son gendre Émile Templier. Peut-être ont-ils échangé sur ce fameux projet de kiosques, ce jour-là. Eugène sait que sa femme a écrit *La Santé des enfants*, édité à compte d'auteur pour le diffuser autour d'elle, et des contes de fées lus à haute voix aux Nouettes. En la présentant à Louis Hachette et à Émile Templier pense-t-il la distraire du chagrin qui l'accable depuis que Gaston est devenu aveugle ? Émile Templier s'occupe de la « Bibliothèque des chemins de fer » et des relations avec les auteurs. Il sera l'interlocuteur privilégié de la comtesse dès le premier contrat, signé le 1er octobre 1855 pour la publication en cinq cents exemplaires de ses *Nouveaux contes de fées* illustrés par le jeune Gustave Doré. Ceux-ci paraîtront d'abord dans une revue, *La Semaine des enfants*. Dès le lendemain, elle envoie à son éditeur le manuscrit des *Petites Filles modèles.*

Pour la petite histoire, Émile Zola entre chez Hachette en 1862 pour s'occuper de la fabrication. Il devient rapidement chef de publicité, chargé de rédiger le *Bulletin des libraires* annonçant les publications de l'éditeur, en collaboration étroite avec Émile Templier pour la Bibliothèque rose. Zola a donc connu et œuvré à la diffusion des romans de la comtesse de Ségur avant de quitter son emploi quatre ans plus tard pour écrire lui-même.

Les conditions éditoriales sous le Second Empire éclairent la correspondance de la comtesse avec son éditeur, qui ne manque pas de piquant. Il fallait d'abord se soumettre à la censure de l'État et des compagnies ferroviaires qui octroyaient leur agrément à l'éditeur pour distribuer ses livres dans les gares. Ainsi que le rappelle Jean-Yves Mollier, biographe de Louis Hachette, l'éditeur s'engageait à « sévèrement bannir toutes les publications qui pourraient exciter ou entretenir les passions politiques, ainsi que tous les écrits contraires à la morale. [...] Le manuscrit initial faisait l'objet d'une lecture attentive par Louis Hachette ou Émile Templier qui se réservaient, par contrat, le droit de toiletter le texte jusqu'à le rendre inoffensif ». Avant l'impression, le manuscrit devait encore être soumis au ministère de l'Intérieur ; puis, une fois imprimé, il était déposé à la commission du colportage. Et « ce n'est qu'à l'issue de ce long parcours, et seulement en cas d'approbation, que le livre – *Les Malheurs de Sophie* ou *Les Mémoires d'un âne* – était adressé à la direction des entreprises de chemins de fer. Soumis à un nouveau contrôle, il était enfin exposé aux yeux du public si celles-ci n'y voyaient pas matière à controverse ».

Ajoutons qu'avant même d'affronter cette double censure, Mme de Ségur devait braver le contrôle familial – exercé essentiellement par son fils Gaston, qui veillait sur la moralité de ses écrits, y insufflant de la religion, et il avait souvent fort à faire. Quant au

Général Dourakine, même censuré, il sera interdit en Russie à sa parution.

Sur le plan financier, les manuscrits étaient cédés forfaitairement à l'éditeur et les auteurs n'étaient pas intéressés aux ventes. Si pour ses *Nouveaux contes de fées*, Sophie de Ségur touche cinq cents francs, soit l'équivalent de deux mille deux cents euros, elle demandera inlassablement des sommes plus importantes, à mesure que sa notoriété et ses ventes s'accroissent. « Je dois vous prévenir tout en riant et en rougissant de mes prétentions que j'élève le prix de mes œuvres à mesure que je vois grandir mes succès. Je ne pense pas avoir diminué le budget de votre maison et je désire augmenter un peu le mien », écrit-elle à Émile Templier le 20 février 1861, en toute fausse modestie. Mille francs pour *Les Mémoires d'un âne*, deux mille pour *Pauvre Blaise*, trois mille pour *François le bossu* et *Un bon petit diable* et quatre mille pour son cycle apologétique. À ce niveau, elle se situe parmi les auteurs les mieux traités de sa génération. Flaubert, lui, a cédé *Madame Bovary* à l'éditeur Michel Lévy pour huit cents francs en 1856. Mais, pas plus que ses contemporains, la comtesse de Ségur n'obtiendra jamais de pourcentage sur chaque exemplaire vendu, ce qui aurait assuré sa fortune et celle de ses descendants tant ses ventes sont faramineuses. Lesquelles dépassent aujourd'hui trente millions d'exemplaires, toutes traductions et éditeurs confondus. Elle n'aura que de petits avantages, toujours réclamés par ses soins : un nombre important de ses livres mis gracieusement à sa disposition (aujourd'hui appelé exemplaires d'auteur), l'achat à prix coûtant des publications de la maison Hachette. Sa propre bibliothèque aux Nouettes contenait sept mille ouvrages.

En échange de ce forfait qui porte bien son nom, l'éditeur s'assurait pour la durée de vie de son auteur et cinquante ans après sa mort (aujourd'hui soixante-dix) l'exclusivité des livres et de leurs traductions. En outre, les femmes mariées ne disposaient pas de leurs gains, versés à leur mari. Ce n'est qu'en 1907 qu'elles eurent légalement le droit de toucher leur salaire. Sophie lutta pendant quatre ans pour qu'Eugène l'émancipe, ce qu'il fit par un courrier daté du 27 mai 1859 à Louis Hachette : « Je viens vous déclarer par cette lettre que j'ai autorisé Mme de Ségur, mon épouse, à disposer complètement de ses œuvres suivant les conditions ou conventions arrêtées entre elle et vous, et à recevoir toute somme qui pourrait résulter de ces conventions. »

Que faisait la comtesse de ses droits d'auteur âprement négociés ? « J'écris au profit des pauvres, la bourse du mari ne s'ouvre pas toujours devant les exigences d'une femme », se justifiait-elle pour réclamer une avance ou des augmentations. Sans compter que l'exploitation de son domaine des Nouettes était un gouffre : « Dans les bonnes années, les Nouettes me rapportent en argent quatre mille francs et m'en coûtent neuf mille. »

Je me souviens que pendant mon enfance, ma mère et ma grand-mère m'ont inlassablement répété que l'indépendance, c'était l'indépendance financière et qu'il fallait avoir un métier qui porte un nom. Cette indépendance financière, la comtesse de Ségur l'a conquise de haute lutte sans toutefois en faire une cause, ni en transmettre la nécessité à ses filles, toutes mariées de façon conventionnelle avec des hommes assurant les besoins du ménage.

Je me souviens que ma mère a dû gagner sa vie dès l'âge de seize ans, avant d'avoir pu passer son baccalauréat, son père ayant laissé sa veuve et ses deux filles sans ressources. « Il nous a laissées seules, mes pauvres enfants, seules », leur disait ma grand-mère. Elle qui savait tout faire mais n'avait pas de vrai métier s'engageait dans des entreprises hasardeuses qui à son grand désespoir échouaient, comme cette pension de famille où ses pensionnaires, aussi pauvres qu'elle, ne réglaient pas leurs loyers. Ma mère, ayant acquis la nationalité française, a fini par vivre de sa plume, se choisissant un pseudonyme bien français, anagramme de son nom d'origine, qu'elle a plus tard fait reconnaître par l'état civil. Bien que « née Eliacheff », j'ai porté son pseudonyme – pourtant non transmissible – pendant toute ma scolarité. Puis, j'ai repris le nom de mon père qui m'assurait un anonymat protecteur dans ma profession, du moins jusqu'à l'arrivée des réseaux sociaux. Un nom russe comme celui de Sophie, née Rostopchine, mais juif sans que je le sache. J'aurais certes pu m'en douter si j'avais mis en question ce que mon père m'affirmait ou plutôt me taisait.

Après leur séparation, mon père, dont ma mère ne cessa d'apprécier le charme slave, n'assurait pas non plus. Chef de famille, elle avait à sa charge sa mère et ses deux enfants, mon frère et moi. Mais, avec l'approbation enthousiaste et inconditionnelle de sa mère, passionnée par la politique et sûre des talents de sa fille, elle n'a pas hésité à quitter le journal *Elle* qu'elle dirigeait avec Hélène Lazareff pour s'engager dans l'aventure hasardeuse de *L'Express* avec Jean-Jacques Servan-Schreiber. Ne jamais dépendre financièrement d'un homme, m'a-t-elle enseigné après avoir tant souffert de la déchéance économique de sa mère et des humiliations de la partie « riche » de la famille qui s'est bien gardée de lui venir en aide. Mais ne jamais hésiter à prendre des risques par amour.

Quant à Françoise Dolto, née en 1908, je me souviens qu'elle voulait à toute force « avoir un métier » depuis le début de la guerre de 1914-1918 où elle avait vu des veuves réduites à la misère comme aurait pu l'être ma grand-mère si ma mère et sa sœur n'avaient pas fait bouillir la marmite familiale. « C'était affreux de voir, dans ces beaux quartiers, des femmes habillées comme l'étaient mes parents, enfin ma mère, qui mendiaient. [...] Pour certaines familles, la guerre a provoqué un bouleversement complet au point de vue économique. Et je voyais que la raison principale en était que les femmes n'avaient pas de métier », raconte-t-elle dans son *Autoportrait d'une psychanalyste*.

Sophie de Ségur contrôle jusqu'au perfectionnisme la fabrication de ses livres. Elle ne cesse de pester contre les modifications demandées par l'éditeur qui édulcore son style, censure les passages jugés immoraux, brutaux ou trop noirs, celles apportées par le correcteur qu'elle ne valide pas plus que les changements de titres ou de prénoms ; elle fustige les fautes de frappe et les lenteurs de l'imprimeur Lahure, sa bête noire. Elle s'agace des illustrations qu'elle juge mauvaises : « [*La Sœur de*] *Gribouille* est pauvrement illustré ; le type commun abonde. » Pour *Pauvre Blaise*, elle tente d'imposer son choix : « Si vous avez besoin d'un illustrateur de talent, de verve et d'esprit, je puis vous en envoyer un qui sera modeste et habile » – Horace Castelli, son préféré, ou Colin ? Les retards de publication l'exaspèrent, de même que la distribution incertaine dans les points de vente. Elle vérifie les comptes, qu'elle conteste, veut être tenue au courant des caractères d'imprimerie utilisés, exige de corriger elle-même les épreuves, peste contre la perte d'une page ; elle récupère ses manuscrits pour les donner à ses enfants. Elle s'est battue, sans jamais obtenir gain de cause, pour que « née Rostopchine » figure au dos de ses livres, son nom n'étant même pas en première de couverture. Mais, au fil du temps, elle appréciera de plus en plus les « observations justes » d'Émile Templier : « J'aime beaucoup votre critique, elle est nette, franche, juste et sans aucune prévention, ni exagération. » Et elle renoncera d'elle-même à appeler *La*

Mauvaise Mère ce qui deviendra *François le bossu*, comme en témoigne cette lettre à Émile Templier : « Si je n'avais compté vous voir un de ces jours derniers comme vous me l'aviez annoncé, cher Monsieur, je vous aurais demandé plus tôt de considérer comme non avenu le titre de *Mauvaise Mère* qui choque tous mes enfants et moi-même je dois l'avouer ! Il me paraît difficile que votre bon goût accoutumé et votre tact à l'égard des impressions de l'enfance n'aient pas été révoltés de ce titre presque immoral. »

Entre ses cinquante-cinq et ses soixante-dix ans, la comtesse de Ségur publie cinq contes de fées, un petit livre de médecine, dix-huit romans, trois comédies et quatre livres religieux, tout en écrivant dix lettres par jour tout au long de sa vie. Si pendant cette période productive les mariages de ses enfants et les naissances de ses petits-enfants éclairent sa vie, les deuils l'assombrissent : en 1857, Mme Swetchine, sorte de mère spirituelle qui la rattachait à la Russie ; en 1859, sa mère en 1863, son mari Eugène, sa sœur aînée Nathalie Narychkine, une de ses petites-filles, Marguerite de Pitray, âgée de quatre ans. En 1868, sa fille Sabine, entrée dix ans auparavant au couvent de la Visitation et devenue sœur Jeanne-Françoise de Chantal, meurt de tuberculose à trente-neuf ans. La comtesse elle-même, trois ans après la mort de son mari, se fera tertiaire franciscaine sous le nom de sœur Marie-Françoise.

Elle meurt à Paris, 27 rue Casimir-Périer, le 9 février 1874 à soixante-quatorze ans, dans les bras de son fils Gaston. Elle est enterrée au cimetière de Pluneret dans le Morbihan où son fils l'a rejointe sept ans plus tard, tandis que son mari repose dans le caveau familial des Ségur au château de Méry dans le Val-d'Oise.

L'AUTEURE

Qu'est-ce qui justifie le succès planétaire des *Malheurs de Sophie*, du *Général Dourakine* ou d'*Un bon petit diable*, ses livres les plus connus, même par ceux qui ne les ont pas lus ? (La seule personne de ma génération que je connaisse qui n'a jamais lu la comtesse de Ségur est mon amie Catherine Dolto, la fille de Françoise.) Un succès planétaire n'est pas nécessairement synonyme de chef-d'œuvre. Mais si, même avec des rides, ces œuvres sont encore lues, c'est peut-être parce que certains de leurs thèmes dépassent l'époque pour toucher au plus près l'inconscient et les fantasmes des humains, et en particulier des enfants.

Il faut d'abord dire un mot du genre. Des auteurs comme Balzac, Dumas ou Zola, pour ne citer qu'eux, ont publié leurs œuvres sous forme de feuilletons dans des journaux populaires comme *La Presse* ou *Le Siècle* à partir de 1836. Les écrivains étaient rémunérés à la ligne et certains, comme Dumas, n'hésitaient pas à multiplier les dialogues pour arrondir leurs fins de mois au grand dam des directeurs de journaux. Ils obtenaient un immense succès public si l'on en juge par les tirages faramineux de la presse à l'époque. La plupart d'entre eux sont tombés dans l'oubli. Dans la même veine, la comtesse de Ségur a assuré le succès de *La Semaine des enfants*, un hebdomadaire pour la jeunesse fondé par les imprimeries Lahure qui travaillaient en étroite collaboration avec Hachette. Elle y a aussi probablement publié d'autres textes sous différents pseudonymes.

De leur vivant, Balzac comme Zola ont accompli une œuvre littéraire en réunissant leurs feuilletons sous un même titre : *La Comédie humaine* a regroupé les quatre-vingt-dix romans de Balzac, et *Les Rougon-Macquart* les vingt romans d'Émile Zola. L'un comme l'autre connaîtront la consécration de leur entrée post mortem dans la prestigieuse « Bibliothèque de la Pléiade », créée en 1931 par Jacques Schiffrin.

Quant à la comtesse de Ségur, souffrant de la double disgrâce d'être née femme et d'avoir été cantonnée dans la catégorie moins noble de la « littérature pour enfants », elle n'a pas eu cet honneur ; probablement n'en avait-elle pas la prétention. Dans le domaine public depuis 1923, il a fallu attendre 1963 pour que Jean-Jacques Pauvert, le premier éditeur à avoir publié le sulfureux marquis de Sade sous son nom, réunisse ses romans en vingt volumes pour le très confidentiel Cercle du Bibliophile ; et 1990 pour que les éditions Robert Laffont publient ses écrits en trois volumes dans la collection « Bouquins », surnommée par son créateur, l'éditeur Guy Schoeller, « la Pléiade du pauvre ». L'ouvrage est préfacé par Jacques Laurent de l'Académie française (l'auteur de *Caroline chérie*), précédé des lettres de la comtesse à son éditeur et complété par un précieux répertoire des principaux personnages, des œuvres et des membres des familles Ségur et Rostopchine, établi par Claudine Beaussant.

Les romans de la comtesse constituent bien une œuvre. Comme ses illustres contemporains, elle a su créer des personnages (Sophie, Dourakine, l'âne Cadichon, Gribouille, etc.) et tout un univers imaginaire aux entrées multiples qui intéresse aussi bien les historiens, les économistes, les sociologues, les écrivains, les pédagogues que... les psychanalystes. Elle figure aussi dans la plupart des dictionnaires où chacun apporte sa vision. La plus inattendue et la plus drôle est celle de Frédéric Dard, l'inoubliable créateur de San-Antonio : « Démagogique, asociale, Mme Rostopchine aura fait davantage que Lénine pour la propagation des idées socialistes. »

Le roman-feuilleton impose un style, chaque chapitre tenant le lecteur en haleine, soit qu'il raconte une seule histoire divisée en épisodes, soit qu'il constitue une histoire en soi avec des personnages récurrents dont on suit les aventures. Ce genre, qui a aujourd'hui disparu dans la presse écrite, fleurit en abondance dans les séries télévisées où l'on retrouve exactement les mêmes processus de narration. La comtesse de Ségur utilisait ces deux ressorts narratifs mais elle se distingue par son usage prépondérant du dialogue alternant avec le récit. « Cette forme de dialogue intermittent que je croyais avoir inventé pour *L'Écornifleur*, voilà que je le retrouve dans les livres de la comtesse de Ségur », note Jules Renard dans son journal du 22 décembre 1896.

Les dialogues de la comtesse sont faits pour être lus intérieurement. Même si peu d'enfants s'expriment aujourd'hui (ni probablement à l'époque) comme Sophie, Camille ou Madeleine, ils paraissent « vrais » à la lecture. Or, quand on écoute les adaptations radiophoniques ou cinématographiques, ils paraissent artificiels peut-être parce que les acteurs y mettent le ton ou que les images – quand il s'agit d'un film – ne rappellent en rien les illustrations indissociables du texte. Ces interprétations bousculent le souvenir des lectures enfantines et n'évoquent plus les émotions qui y étaient associées.

Je me souviens que ma mère, journaliste avant tout, disait de l'écriture dans ses *Conversations avec Martine de Rabaudy* : « L'écriture ne s'apprend pas, donc ne s'enseigne pas, c'est une disposition naturelle. Comme pour le piano, on a le don ou on ne l'a pas. Si on l'a, il faut travailler dur. Savoir qu'un adverbe est presque toujours superflu, un "qui" ou un "que" par phrase le maximum autorisé. Il faut écrire avec l'oreille, comme le faisait Flaubert, pour éviter les assonances et les hiatus. Respecter la musique de chacun, cette qualité si rare. [...] Ne pas oublier que l'écriture est comme la danse, il ne faut jamais arrêter les exercices à la barre. »

Je me souviens qu'à huit ou neuf ans, j'avais demandé à ma mère de m'aider pour une rédaction. Elle l'a entièrement écrite à ma place (pensant me rendre service ou que j'en étais incapable ?) et j'attendais avec impatience l'excellente note qu'elle méritait. Je ne me rappelle pas la note (mauvaise), mais je n'ai pas oublié l'exclamation rageuse de la maîtresse écrite en rouge et soulignée dans la marge : « Avec la mère que vous avez !!! » J'en ai conclu que ma mère n'était pas douée pour l'école mais je n'ai pas osé publier une ligne avant l'âge de quarante ans !

Est-ce un hasard si ce premier livre avait pour titre *Les Indomptables* et qu'il avait été écrit en collaboration avec la psychanalyste Ginette Raimbault ? Jeune externe en 1969, j'avais choisi un stage en pédiatrie à l'hôpital Necker-Enfants malades dans le service du professeur Pierre Royer, le successeur du prestigieux professeur Robert Debré, pour y rejoindre Ginette Raimbault. À cette époque, rares étaient les psychanalystes dans les services hospitaliers. Psychiatre et psychanalyste, Ginette Raimbault occupait un poste de chercheur dans une unité de l'Inserm rattachée au service de Pierre Royer avant de diriger à partir de 1976 sa propre unité, l'U158, nommée « Systèmes relationnels autour de l'enfant malade ». Je suis restée plus de vingt ans dans ce service où je la voyais tous les jours, autant dire bien plus souvent que ma mère.

Ces femmes avaient deux points communs : elles

n'étaient ni « maternelles », ni faciles d'accès. Généreuse et soucieuse de transmettre, Ginette Raimbault m'a tout appris. Ensemble, nous avons travaillé et publié nos travaux sur l'anorexie mentale, sur les enfants en réanimation digestive, sur la formation des médecins (elle, les pédiatres, moi, les externes). Ensemble nous avons inauguré un service de psychanalyse gratuite à l'hôpital et nous avons aussi beaucoup voyagé. Elle m'a connue « bébé psychanalyste » et quand nous nous sommes séparées, j'avais grandi.

De ma mère, elle aussi secrète et généreuse, tout en ayant la particularité de refouler ses sentiments positifs qu'elle n'aurait exprimés pour rien au monde, je regrette de ne pas avoir hérité deux choses : son don pour l'écriture et le galbe de ses jambes. Mais j'ai suivi son conseil à la lettre : je n'ai jamais arrêté les exercices à la barre.

La plume de la comtesse est alerte, vivante, évocatrice. Contrastant avec la vivacité du récit, le résumé qu'on peut en lire dans les biographies ou sur les quatrièmes de couverture ajoutées par les éditeurs (elles n'existaient pas à l'époque) est toujours mièvre. La comtesse de Ségur, elle, possédait un don pour cet exercice, qu'on peut apprécier dans ses dédicaces. Jugez-en par celle des *Malheurs de Sophie*, dédiée à l'une de ses petites-filles, Élisabeth Fresneau :

> Voici des histoires vraies d'une petite fille que grand-mère a beaucoup connue dans son enfance ;

elle était colère, elle est devenue douce; elle était gourmande, elle est devenue sobre, elle était menteuse, elle est devenue sincère; elle était voleuse, elle est devenue honnête; enfin elle était méchante, elle est devenue bonne. Grand-mère a tâché de faire de même. Faites comme elle, mes chers petits-enfants; cela vous sera facile, à vous qui n'avez pas tous les défauts de Sophie.

Il est clair que Sophie, c'est elle. La comtesse a certainement plus ou moins fait les bêtises qu'elle décrit, bêtises que font tous les enfants explorateurs sous toutes les latitudes et à toutes les époques. Si, devenue adulte, elle qualifie de « défauts » les expériences malheureuses de Sophie, elle restitue admirablement ce qui excite la petite fille : le désir de connaître du nouveau sans la moindre peur. Mais si l'on se souvient de la façon dont elle a été traitée par sa mère, humiliée, battue, punie, on imagine sans peine que ces bêtises n'ont pas eu les mêmes conséquences pour elle que pour son personnage.

À mes yeux d'adulte, *Les Malheurs de Sophie* sont plus un précis d'éducation à l'usage des parents d'une enfant curieuse et inventive (qui a des « idées », comme dit la mère de Sophie) qu'une autobiographie. Si les enfants ressentent la même excitation que Sophie au récit de déboires qui relancent son insatiable curiosité, les adultes découvrent qu'une éducation qui n'use pas du dressage par la peur et les humiliations permet à l'enfant d'acquérir le sens de la responsabilité vis-à-vis de lui-même et de tous.

Ma dédicace préférée, la plus originale, est celle des *Mémoires d'un âne*, une lettre de Cadichon à son petit maître, Henri de Ségur, un autre de ses petits-enfants :

> Mon petit Maître, vous avez été bon pour moi, mais vous avez parlé avec mépris des ânes en général. Pour mieux vous faire connaître ce que sont les ânes, j'écris et je vous offre ces mémoires. Vous verrez, mon cher petit Maître, comment moi, pauvre âne, et mes amis ânes, ânons, ânesses, nous avons été et nous sommes injustement traités par les hommes. [...] Vous verrez enfin que lorsqu'on aura lu ce livre, au lieu de dire : Bête comme un âne, ignorant comme un âne, têtu comme un âne, on dira : De l'esprit comme un âne, savant comme un âne, docile comme un âne, et que vous et vos parents vous serez fiers de ces éloges.
>
> Hi han ! mon bon Maître ; je vous souhaite de ne pas ressembler, dans la première moitié de sa vie, à votre fidèle serviteur.
>
> CADICHON, Âne savant.

Cadichon est un surdoué solitaire : il comprend le langage des hommes mais ne le parle pas. En revanche, il nous honore du récit de sa vie. Sa bonté naturelle est pervertie par les injustices qu'il subit. La délinquance autant que les actions héroïques ne lui font pas peur. Il cherche autant à aimer qu'à être aimé, mais il sait aussi se venger. Dans une lettre à son éditeur du 24 janvier 1859, Sophie lui fait remarquer qu'elle n'a pas voulu créer « un Âne chrétien, mais un âne tel que vous le qualifiez, âne avant tout ». La fin « morale », la repentance de Cadichon, a été imposée à l'auteure par son éditeur. Toutes proportions gardées, cet âne à qui les humains dénient intelligence et compréhension parce qu'il ne parle pas m'évoque ce que les adultes ont pensé pendant des siècles des enfants qui n'avaient pas encore l'usage de la parole alors qu'ils comprenaient tout.

« Vous avez sept ans, Mademoiselle, et vous savez déjà bien des choses. Que la terre tourne et qu'il faut se laver les mains avant de se mettre à table, qu'Henri IV était un gentil roi barbu et que les enfants ne se trouvent pas dans les choux. » Je me souviens de cette lettre que ma mère m'a adressée, publiée dans *Elle* en 1954, pour mes sept ans. Ne commence-t-elle pas dans un style très « ségurien » ? Même si nous avons ensuite partagé un commun handicap à l'expression verbale qui nous poussait à communiquer plus facilement par fax que par téléphone, à l'époque j'étais très fière qu'on sache publiquement qu'elle s'intéressait à moi. À sept ans, je n'ai pas mesuré qu'elle plaçait la barre très haut :

> Je vais essayer de vous dire aujourd'hui comment j'aimerais voir ma fille le soir où nous fêterons ses vingt ans. Il se peut que ce jour-là, je n'aie plus de conseils à vous donner ou que vous ne supportiez plus d'en recevoir. Il se peut que l'amour m'aveugle sur vos travers, que l'âge m'incline à l'attendrisse-

ment, que je devienne prisonnière des conventions et que, sombrant dans la plus commune des ambitions maternelles, je rêve de vous voir épouser un ambassadeur.

Il serait intolérable que vous ne fussiez pas jolie puisque vous n'avez rien de positivement laid. Il dépendra de vous que vous preniez cette résolution à temps, à l'occasion de vos précédents anniversaires.

Jeune fille ou jeune femme, vous m'obligerez en observant réserve, tenue et retenue. Vous ne boirez ni ne fumerez avec excès, vous ne parlerez ni ne rirez trop fort, vous n'afficherez jamais de trop tendres rapports avec un homme, qu'il soit ou non votre mari.

Vous ne manifesterez ni morgue ni timidité parce que vous ne vous sentirez ni supérieure, ni inférieure à qui que ce soit. C'est en renonçant à vous attacher de l'importance que vous atteindrez la suprême vertu qu'il vous faudra cultiver : le naturel. Vous n'y parviendrez que lorsque vous aurez admis que le monde n'a pas les yeux fixés sur vous. Le plus tôt sera le mieux.

Vous vous soucierez moins d'être aimée, ce qui est à la portée de n'importe qui, que d'aimer, ce dont j'espère vous serez capable. Vous saurez qu'il n'y a aucune gloire à souffrir et qu'il faut vous en défendre au lieu de vous y complaire.

Vous ne vous plaindrez pas « des hommes » sur le mode désabusé, même si vous avez à vous plaindre d'un homme, ce qui vous sera d'ailleurs épargné si vous consentez à ne pas attendre des autres ce qu'ils ne peuvent ou ne veulent vous donner.

Vous éviterez de choquer ou de heurter l'opinion dans les détails de votre vie, de votre habillement, de votre comportement, mais vous n'en tiendrez aucun compte dans les décisions importantes que vous pourriez avoir à prendre. En d'autres termes, vous éviterez d'être provocante mais en demeurant indépendante.

Vous pratiquerez scrupuleusement la politesse et ne céderez en aucun cas à la familiarité. La courtoisie des femmes envers les hommes n'étant pas codifiée, il vous faudra tout à la fois la réinventer et l'observer sans relâche, en particulier dans vos relations avec l'homme que vous aimerez. Ne sous-estimez pas la dépense nerveuse que cela implique.

Plus les mœurs seront libres, plus vous prendrez soin de vous garder des aventures vulgaires dont on vous dira qu'elles sont sans importance. Dans ce domaine, tout doit demeurer important si vous ne voulez pas vous condamner à ce que rien ne le soit plus jamais. Peu importe que vous soyez excessive dans vos admirations et dans vos mépris pourvu que vous sachiez admirer et mépriser fortement. Mais vous ne tomberez jamais dans le lac de la malveillance où nagent les médiocres qui se dévorent entre eux.

J'espère que l'on ne vous verra pas d'"amie intime" et que vous garderez pour le papier le récit des mouvements de votre cœur, si tant est qu'il faille en faire le récit. L'amitié, comme l'amour, meurt d'impudeur.

Soyez secrète, si vous voulez être forte et soyez tendre si vous voulez être belle.

Secrète, forte, tendre et belle, oui voilà Mademoiselle comment j'espère vous voir le soir de vos vingt ans. Alors quel que soit votre destin, je sais que vous l'assumerez avec dignité.

Vaste programme nourri de son expérience, plus subversif qu'il n'y paraît. Rétrospectivement, j'y décèle la confiance qu'elle m'accordait déjà. La vraie confiance, celle qui exclut le contrôle et la critique, jamais prise en défaut. Plus tard, quand elle eut elle-même quatre fois vingt ans, ce fut à mon tour de lui organiser une fête d'anniversaire avec quatre-vingts de ses amis : un goûter chantant à l'accordéon et au champagne dont les livrets de chansons sont devenus, disent mes enfants, « collectors ».

Au-delà du style, accessible à tous, et à l'art de tenir le lecteur en haleine, les enfants ont d'excellentes raisons de se sentir en confiance en lisant la comtesse de Ségur : les bons sont bons, les méchants sont méchants, qu'ils soient riches ou pauvres. S'ils deviennent moins pauvres, ils ne changent qu'exceptionnellement de milieu social. Il faudra attendre l'essor de la société industrielle, traité par la comtesse vers la fin de sa vie dans *La Fortune de Gaspard* (1866), pour qu'un jeune paysan doué et arriviste accède à la bourgeoisie... Quand les méchants sont enfin dévoilés, ils sont punis ou transformés. Les plus rétifs se repentent quand ils n'ont plus le choix, pour mourir en bons chrétiens. Lorsque les enfants font des bêtises, l'aveu et le repentir les absolvent. Lorsque la punition est exagérée, elle suscite leur esprit de vengeance, mais lorsqu'elle est proportionnée, elle les délivre de leur culpabilité, et relance leur curiosité.

La comtesse aime l'ordre ; les stéréotypes ne manquent pas, mais ils constituent les premiers repères de la société dans laquelle on vit. En la lisant, les enfants d'aujourd'hui peuvent prendre la mesure de ce qui a changé (l'ordre social) ou pas (les sentiments humains). Et comme ils ne sont eux-mêmes ni totalement gentils, ni totalement méchants, ils s'identifient alternativement à leurs congénères fictifs si bien différenciés. Ils découvrent aussi des aristocrates, des « parvenus », des paysans, des commerçants, des artisans, des domestiques, des notaires et une série d'étrangers atypiques, anglais (M. Georgey dans *Le Mauvais Génie*), polonais (le prince Pajarski dans *Le Général Dourakine*), italien (Paolo dans *François le bossu*) ou de couleur noire, comme le très protecteur Ramoramor (*Après la pluie le beau temps*). Chacun a une place hiérarchique bien définie avec le langage adéquat, ce qui ajoute à la variété des dialogues ; une fermière ne parle pas comme une châtelaine. Les étrangers ont un accent traduit phonétiquement souvent très drôlement. Seuls les enfants ne parlent pas « enfant » et on peut penser que c'est tout à fait délibéré : pour la comtesse de Ségur, les enfants ne sont pas des adultes en miniature mais des êtres à considérer comme des sujets, ayant certes peu de droits et beaucoup de devoirs mais leur langage les met à égalité de sentiments et d'intelligence avec les adultes. Les qualités humaines, affectives et morales sont, elles, inégalement distribuées – parfois plus grandes chez les petits ou plus petites chez les grands, car tous sont égaux devant Dieu. À la fin, il y a une justice qui met parfois du temps à advenir, thème sensible chez les enfants, qu'on entend souvent dire comme Calimero : « C'est pas juste. »

Ce monde bien ordonné peut susciter le rejet. En témoigne Marguerite Yourcenar dont la mère, issue de la noblesse belge, est morte quand elle avait dix jours. Dans *Les Yeux ouverts*, elle répond à Matthieu Galey : « J'ai toujours détesté les livres de la comtesse de Ségur ; la Bibliothèque rose me donne encore mal au cœur quand j'en vois un exemplaire : ces enfants m'irritaient, ne me paraissaient pas réels, et déjà comme souillés par toutes les conventions, que je percevais très bien. » Marguerite Yourcenar reproche à Mme de Ségur « un sentiment de classe » qui, dit-elle, « ne l'habite pas le moins du monde ». « Pourtant cela ressemblait singulièrement à votre vie », lui fait remarquer Matthieu Galey.

Le traitement réservé aux parents doit surprendre et réjouir les enfants, tant ils ne sont pas épargnés. Dans les contes de fées, les parents ne sont jamais mis en cause directement. Les mauvais traitements sont dévolus aux belles-mères (*Cendrillon*, *Blanche-Neige*) ou aux étrangers (l'ogre du *Petit Poucet*). S'ils abandonnent leurs enfants comme dans *Le Petit Poucet*, c'est la faute à la misère.

Il me semble que la comtesse de Ségur fut la première à mettre en scène les sévices infligés aux enfants directement par leurs parents, quelle que soit leur origine sociale. Ce thème sera repris ultérieurement dans plusieurs romans mais ces enfants victimes de parents indignes n'appartiennent pas à l'aristocratie comme chez la comtesse. Que l'on songe à *L'Enfant* de Jules Vallès (1884), dédié « À tous ceux qui crevèrent d'ennui au collège ou qu'on fit pleurer dans la famille, qui, pendant leur enfance, furent tyrannisés par leurs maîtres ou rossés par leurs parents ». Ou encore à *Poil de Carotte* de Jules Renard (1894), qui illustre la haine d'une mère envers son fils dont la tare est d'être roux.

On a cru découvrir à la fin du XXe siècle que la maltraitance et la négligence n'étaient pas l'apanage des milieux sociaux défavorisés. Dès le XIXe siècle pourtant, la comtesse de Ségur non seulement le savait mais le mettait en scène sans prendre de gants, ni donner de leçons, mais en en montrant les conséquences sur le comportement des enfants. Dans ses livres, des parents, et plus généralement les adultes quel que soit leur lien de parenté ou leur classe sociale, sont bons ou méchants, justes ou injustes. Les « bonnes mères » sont un peu mièvres mais néanmoins justes quand elles imposent des règles, tandis que les « mauvaises mères » sont frivoles, négligentes, coquettes, humiliantes, colériques, violentes. Les « bons pères » sont plutôt rares, sauf dans *François le bossu.* Heureusement pour le héros car sa mère est morte. Les autres pères sont absents, soumis, faibles, lâches ou à l'opposé tyranniques et brutaux. De même pour les bonnes d'enfants, terme qui à l'époque n'était pas péjoratif : ces mères de substitution, plus proches des enfants que leurs parents, sont tantôt protectrices et bienveillantes, tantôt méchantes, violentes, voire voleuses. Contrairement à certains parents, elles ne se repentent pas de leurs mauvaises actions, connues des enfants mais pas toujours reconnues par des parents aveugles. Quand elles sont confondues, elles sont renvoyées mais se vengent.

Alors que les familles recomposées n'existaient à l'époque qu'en cas de veuvage, les parents ou les beaux-parents embarrassés par leurs enfants les confiaient facilement… à leurs voisins lorsque ceux-ci avaient des enfants du même âge : dans *Les Petites Filles modèles*, Mme Fichini abandonne ainsi Sophie pour son plus grand bonheur à Mme de Fleurville, la douce mère de Camille et Madeleine. Pas de service de protection de l'enfance ni de juge pour enfants pour s'en mêler ! Les enfants confiés aux voisins bienveillants s'épanouissent et il n'est pas question de chercher à « maintenir le lien » avec leurs parents indignes ou négligents comme on cherche à tout prix à le faire aujourd'hui avec les enfants placés en famille d'accueil.

Avec beaucoup de finesse, la comtesse ne méconnaît pas l'inquiétude de l'enfant adopté ou confié. Dans *Les Vacances*, après un récit rocambolesque, M. de Rosbourg retrouve, après plusieurs années de séparation, sa femme et sa fille qui le croyaient mort. Il revient avec un orphelin, Paul, avec qui il a survécu à un naufrage. À un enfant, Léon, qui est dans la catégorie des « méchants », l'auteure fait dire :

« On aime toujours mieux un enfant véritable qu'un enfant adoptif. » Affirmation déniée par les « bons enfants », mais ce qui est dit est dit… et même subtilement confirmé dans *François le bossu* par le père de François, lorsque celui-ci accueille la petite Christine dans son foyer : « Il réunit dans ses bras ces deux enfants dont l'un était à lui, et dont l'autre lui était seulement confié, mais il les aimait presque d'une égale tendresse. » Presque…

Le bon général Dourakine, qui n'a pas d'enfants, est en quête permanente d'une famille adoptive vertueuse à qui léguer sa fortune. Mais il est aussi capable de retirer une promesse d'adoption au jeune Torchonnet. Son seul nom indique que Torchonnet n'est pas digne de cet honneur. Véritable enfant martyr, il est incapable d'exprimer de la gratitude. Mais attendre de la gratitude, n'est-ce pas un reproche que l'on peut adresser à certains parents adoptifs ? Aujourd'hui encore, en Russie, les parents en mal d'adoption ont la possibilité de rendre l'enfant s'il ne convient pas à leur attente.

À LA VIE, À LA MORT

Je me souviens que les livres de la Bibliothèque rose étaient illustrés. Les gravures, très suggestives, fixant l'imagination ou la stimulant, font partie intégrante de l'œuvre. La comtesse ne s'y trompait pas en critiquant avec véhémence tous ses illustrateurs mais en s'inclinant finalement devant leur talent. Les avais-je oubliées ? Oui, pour la plupart, mais celles qui me sont restées en mémoire représentent soit un danger mortel, soit les fameuses fessées.

Dans *Les Malheurs de Sophie*, Horace Castelli illustre la scène suivante : Sophie, montée sur son âne, a piqué une grosse épingle dans son soulier. « L'âne part au trot. Sophie, enchantée, pique encore et encore ; l'âne se met à galoper, et si vite que Sophie a peur ; elle se cramponne à la bride. » L'illustrateur rend à merveille la vitesse de la course de l'âne queue au vent, la frayeur de Sophie échevelée, jupe relevée, agrippée au cou de la bête, pressentant sa chute.

Les Malheurs de Sophie, illustration d'Horace Castelli.

Plus angoissant : dans *François le bossu*, deux jeunes frères, Maurice et Adolphe, sont pris au piège de l'incendie provoqué par les allumettes enflammées qu'ils avaient jetées derrière un rideau de mousseline après avoir allumé des cigarettes. Ils n'ont plus comme solution que de se jeter par la fenêtre de la mansarde où ils se sont réfugiés : « Maurice s'élança et tomba maladroitement, moitié sur les matelas et moitié sur le pavé. M. de Nancé se baissa pour le retirer et faire place à Adolphe ; mais avant qu'il eût le temps de l'enlever, Adolphe se jeta aussi et vint tomber sur les épaules de son frère qui poussa un grand cri et perdit connaissance. » Sur la gravure d'Émile Bayard, on voit l'un des frères qui n'est pas encore arrivé à plat ventre sur le matelas et l'autre, debout, dans le vide, en train de tomber les yeux exorbités, tandis que M. de Nancé, lui-même affolé, regarde Adolphe, une main levée vers lui comme pour le retenir avant qu'il n'ait pu écarter Maurice.

Je me souviens que dans *La Cause des enfants,* Françoise Dolto écrivait : « Les enfants n'ont aucune frayeur de la mort. Pourquoi les parents ne veulent-ils pas que les enfants soient mis au contact de la mort, alors qu'ils n'en ont aucune frayeur ? C'est pour eux un fait devant lequel ils se posent des questions. Mais de ne pas avoir de réponse, ça ne les effraye pas ; ils chercheront. »

Et comme si elle parlait d'Adolphe et Maurice : « Je connais actuellement le cas de petits pyromanes. On

François le bossu, illustration d'Émile Bayard.

essaie de les soigner. Mais ils n'ont pas peur de brûler. Ils veulent en faire l'expérience jusqu'à en mourir éventuellement, avec ravissement. Et puis que les autres brûlent, pourquoi pas… puisqu'on fait aux autres ce que l'on aimerait qu'on vous fasse. "Si le feu me fait brûler ?" L'enfant n'en a pas l'expérience mais il a le désir d'en faire l'expérience, quitte à y laisser sa peau. Pour lui, ça n'a pas de sens de vivre si ce n'est pour la satisfaction d'une grande curiosité. »

Ajoutons que si Sophie s'en tire indemne après être tombée de son âne, Maurice finira par mourir des conséquences de sa chute dans d'atroces souffrances… mais en bon chrétien.

Accidents, involontaires ou provoqués, mortels ou non, sont présents dans la plupart des livres de la comtesse. Dans *Les Petites Filles modèles*, dès le premier chapitre, Camille et Madeleine assistent à un accident de chariot qui tue le cocher et ses chevaux et blesse les occupantes. Admettons que cet épisode fasse avancer l'action. Dans *Pauvre Blaise*, sans aucun rapport avec le récit, les enfants assistent à la noyade accidentelle d'un enfant de deux ans qui a échappé à la surveillance de sa mère. Dans *La Sœur de Gribouille*, la mort est omniprésente. Dès le début, on assiste à la longue agonie de la mère des protagonistes tandis que le livre se termine par la mort héroïque de Gribouille. La comtesse ne cherche pas à protéger les enfants de scènes qui font trembler les adultes qui, eux, ont peur de la mort, et craignent que les enfants ne la recherchent. Mais elle sait combien les drames sont excitants et fait confiance à leurs capacités de ressentir des émotions complexes.

La première rencontre des enfants avec la mort passe souvent par celle, accidentelle ou non, d'un animal familier, chien ou chat, d'un oiseau trouvé dans un jardin, d'un poisson rouge flottant dans son aquarium. C'est l'occasion de procéder à un enterrement actif (trouver une boîte, creuser la tombe, y mettre une croix et des fleurs), un jeu aussi amusant qu'instructif. Dans *Les Malheurs de Sophie*, l'enterrement festif est celui de la malheureuse poupée de cire que personne ne regrette tant elle était abîmée. Peu d'enfants échappent à ce rituel, d'autant qu'ils y sont plutôt encouragés par les adultes qui en apprécient l'effet consolateur et y voient peut-être une préparation en douceur aux futures épreuves de la vie. Mais avec les animaux, Sophie est une tueuse en série ! Non contente de couper en morceaux les poissons rouges préalablement salés, elle noie sa tortue, tue un écureuil, découpe une abeille, est responsable de la mort de son âne et de son poulet noir emporté par un vautour… Les animaux ne sont pas tous ses victimes puisqu'elle-même a failli mourir, attaquée par un loup « énorme, aux yeux étincelants, à la gueule ouverte », bientôt rejoint par deux autres loups que les chiens ont mis en fuite non sans être « couverts de sang et de blessures ».

On retrouve tout l'imaginaire enfantin peuplé d'animaux de compagnie que l'on peut domestiquer, aimer ou faire souffrir en leur faisant subir ce que l'on a subi. Ceux qu'on peut torturer parce qu'ils sont petits et ne crient pas (les poissons, les insectes, les vers de terre, les papillons), ceux qui dégoûtent comme les souris ou les rats, ceux qui effrayent comme les loups, les ours ou les lions. Les coccinelles sont à part car, bien que muettes et non apprivoisables, elles échappent aux mutilations : on ne tue pas une « bête à bon Dieu » d'autant qu'elle porte bonheur et mange les pucerons.

Je me souviens surtout – suis-je la seule ? – des gravures illustrant les célèbres scènes de fouet. Dans *Les Petites Filles modèles*, roman lu vers sept ans : « Elle [Mme Fichini, belle-mère de Sophie] tira de dessous son châle une forte verge, s'élança sur Sophie et la fouetta à coups redoublés, malgré les cris de la pauvre petite, les pleurs et les supplications de Camille et de Madeleine, et les remontrances de Mme de Fleurville et d'Élisa, indignées de tant de sévérité. » La gravure de Bertall montre l'énorme marâtre de dos, la main levée tenant la verge, prête à frapper la pauvre petite Sophie déculottée qu'elle a immobilisée, les autres protagonistes pétrifiées assistant à cette scène de domination et de toute-puissance revendiquée d'une adulte sur une enfant.

En 1927, Marie Bonaparte publie dans la *Revue française de psychanalyse* « Le cas de Mme Lefebvre », une femme née en 1864, qui, en 1925, tua froidement d'un coup de revolver sa bru enceinte de cinq mois et demi. Marie Bonaparte, qui a recueilli ses confidences,

Les Petites Filles modèles, illustration de Bertall.

écrit : « Marie aimait aussi lire les livres de la Bibliothèque rose, *Les Petites Filles modèles* en particulier, où les excentricités de la méchante Mme Fichini, belle-mère de Sophie, la ravissaient. On jouait à représenter des scènes dans lesquelles figurait cette dame. Une des sœurs se déguisait afin de la représenter. » La scène du fouet constituait sans doute le clou du spectacle. Marie Bonaparte ne dit pas s'il y a un lien entre ces jeux et le crime futur.

Je me souviens que Françoise Dolto écrivait dans *La Cause des enfants* : « *Les Petites Filles modèles*, sous couverture rose, introduisent l'ambiguïté érotique dans le personnage. Sophie est la petite-fille de Justine. » Elle faisait allusion à l'héroïne de Sade.

Cette scène de fustigation subie est contrebalancée, dans *Un bon petit diable* illustré par Horace Castelli, par celle où Mme Mac'Miche – la tortionnaire du pauvre Charles, qui croit aux fées maléfiques mais surtout aux vertus « éducatives » des coups dont on devine la jouissance qu'elle en retire – « aperçut des diables qui lui présentaient les cornes et qui lui tiraient la langue ; en même temps, elle vit de la fumée s'élever et tourner autour de Charles et elle se sentit suffoquée par une forte odeur de soufre ».

C'est la vengeance astucieuse de l'enfant martyr qui se protège en rembourrant ses fesses et se moque de sa tortionnaire en exploitant ses faiblesses. Rire et plaisir garantis. Cet enfant est un résistant : il ne

Un bon petit diable, illustration d'Horace Castelli.

tire aucune satisfaction de sa position de victime et cherche à tout prix à s'en sortir et à aider ses camarades d'internat plus soumis que lui. De nos jours, la comtesse de Ségur aurait pu être l'auteure de *Mortelle Adèle* !

Sur le même principe de l'arroseur arrosé, la scène la plus audacieuse, dont on se demande comment la censure l'a laissée passer, se trouve dans *Le Général Dourakine*. Audacieuse, car ce n'est plus un enfant qui est fouetté mais une aristocrate, nièce du général, mère d'une fratrie de huit enfants abominablement mal élevés, qu'elle a l'habitude de battre comme elle bat les serfs (on est en Russie !). Et ce n'est pas le bon général qui fouette l'affreuse Mme Papovski, mais les sbires du capitaine Ispravnik, une sorte de notaire qu'elle tente de corrompre : « Malgré sa résistance, Mme Papovski fut enlevée par ces hommes robustes qu'elle n'avait pas aperçus, et entraînée dans un salon petit mais d'apparence assez élégante. Quand elle fut au milieu de ce salon, elle se sentit descendre par une trappe à peine assez large pour laisser passer le bas de son corps ; ses épaules arrêtèrent la descente de la trappe ; terrifiée, ne sachant ce qui allait lui arriver, elle voulut implorer la pitié des deux hommes qui l'avaient amenée, mais ils étaient disparus : elle était seule. À peine commençait-elle à s'inquiéter de sa position, qu'elle en comprit toute l'horreur ; elle se sentit fouettée comme elle aurait voulu voir fouetter ses paysans. Le supplice fut court, mais terrible. La trappe remontée, la porte du petit salon s'ouvrit. »

Le Général Dourakine, illustration d'Émile Bayard.

Émile Bayard ne nous montre que la partie supérieure de la scène, nous laissant imaginer à l'air tragique et aux mains crochues égratignant le plancher ce qui se passe par en dessous.

Certains commentateurs se sont interrogés sur le « sadisme » de la comtesse, imaginant que son enfance russe l'avait inspirée en la familiarisant avec les punitions corporelles infligées aussi bien aux enfants qu'aux serfs. Les œuvres du marquis de Sade (1740-1814) ne risquaient pas de se trouver dans la bibliothèque du château des Nouettes car elles étaient censurées… et pas très catholiques. C'est le psychiatre Richard von Krafft-Ebing qui, après avoir lu, presque un siècle plus tard, *Les Cent Vingt Journées de Sodome*, nomma « sadisme », en 1886, douze ans après la mort de la comtesse, la perversion sexuelle qui consiste à jouir de la souffrance infligée à autrui.

Les châtiments corporels, loin d'être une pratique « exotique », étaient la règle plutôt que l'exception dans les familles de toutes les classes sociales et dans les institutions accueillant les enfants (internats pour les garçons, couvents pour les filles). Ce n'est pas parce qu'elle les décrit par le menu du point de vue des enfants qu'elle y trouve du plaisir. C'est pour elle un moyen de les dénoncer plus subtilement que par de grands discours. En Occident, les fessées ne sont entrées dans la catégorie « maltraitance » qu'à la fin du XXe siècle. Et en France, en retard sur beaucoup d'autres pays, la loi du 2 juillet 2019, comprise comme l'interdiction des châtiments corporels, dit laconiquement que « l'autorité parentale s'exerce sans violences physiques ou psychologiques ».

Les enfants d'alors étaient donc battus, ceux qui ne l'étaient pas avaient assisté à ce genre de scènes tandis que les enfants d'aujourd'hui qui échappent aux coups continuent de les imaginer.

On a aussi parlé du masochisme de certains de ses personnages, notamment celui de Blaise (*Pauvre Blaise*) dont la capacité à supporter les injustices et les humiliations tendrait à le rapprocher de la sainteté si l'on ne pressentait la jouissance qu'il peut en tirer, et les saints aussi. C'est le même Krafft-Ebing qui nomma cette pathologie « masochisme » en 1880 après avoir lu *La Vénus à la fourrure* de Leopold von Sacher-Masoch paru en 1870.

Bien qu'il ne soit jamais directement question de sexualité dans les œuvres de la comtesse, la jouissance y est partout présente, chez les enfants qui souffrent comme chez les adultes qui battent. En décrivant les effets néfastes des coups et des brimades, elle a incontestablement pressenti, consciemment ou non, que derrière leurs prétendues valeurs éducatives se dissimulaient des choses moins avouables. C'est d'autant plus remarquable que les censeurs, eux, n'y ont vu que du feu.

Je me souviens que dans les années 1950, en vacances dans une propriété attenante à une ferme en Normandie, j'ai vu la fermière infliger à sa fille, pour je ne sais quelle bêtise, une fessée aux orties.

À ma grande surprise, j'ai retrouvé une scène identique dans *Les Vacances* : « Ils l'avaient attiré dans ce chemin isolé, l'avaient déshabillé, et s'amusaient, comme je vous l'ai dit, à le fouetter et à le frotter d'orties. » À une autre occasion, cette fois à Paris, dans le très chic jardin du Ranelagh, un garçon d'une dizaine d'années entouré de ses camarades a martyrisé un autre garçon du même âge en lui maintenant le bras retourné dans le dos et en le faisant plier de douleur.

Je dois reconnaître qu'à l'époque et en secret, ces spectacles m'ont paru très excitants puis je les ai oubliés. C'est en découvrant plus tard le texte de Sigmund Freud « On bat un enfant » que je m'en suis souvenue. En 1919, date de sa publication, Sigmund Freud a lu la comtesse de Ségur : « Les châtiments corporels n'étant pas en usage dans les classes supérieures, à leur influence se substitue alors celle de la lecture, facteur qui devient bientôt considérable. Dans le milieu de mes malades, c'était presque toujours dans les mêmes livres, accessibles à la jeunesse, que les fantasmes de fustigation puisaient de nouvelles incitations : les ouvrages de la Bibliothèque rose, *La Case de l'oncle Tom*, etc. Sous l'influence de ces récits, l'imagination de l'enfant commençait à inventer toutes sortes de situations et de systèmes où des enfants étaient soit battus, soit punis d'une autre façon, pour leur méchanceté et leurs mauvaises habitudes. »

Freud se trompe en écrivant que les coups n'étaient

pas en usage dans les classes supérieures de la société, probablement parce que ses patients n'en parlaient pas ou ne faisaient pas partie des « pervers satisfaits » dont il nous dit « qu'ils ont rarement recours à l'analyse ». Mais ceux qu'il a écoutés lui ont révélé que « le fantasme "on bat un enfant" est avoué avec une étonnante fréquence par les malades qui demandent à l'analyse de les guérir de leur hystérie ou bien de leur névrose obsessionnelle. Très probablement le retrouverait-on souvent aussi chez toute une série de sujets qui, n'étant pas manifestement malades, ne viennent pas se soumettre au traitement ». Et Freud énonce d'emblée : « À ce fantasme sont liées des sensations voluptueuses qui font qu'il a été et sera encore reproduit d'innombrables fois. L'acmé de l'évocation de la scène est presque toujours accompagné d'une satisfaction masturbatoire (donc génitale), d'abord du plein gré du sujet, et plus tard compulsivement malgré ses efforts en sens contraire. »

Dans ses textes et leurs illustrations, la comtesse de Ségur met en scène sans le savoir les différents états des fantasmes sadiques et masochistes que les patients adultes de Freud ont reconstitués dans leur analyse : « mon père me bat », « mon père bat l'enfant que j'ai pris en haine », « mon père m'aime parce qu'il me bat », ce n'est plus le père qui bat mais « j'assiste à la scène », « mon père n'aime que moi, il n'aime pas l'autre enfant puisqu'il le bat ». « Non, il ne t'aime pas puisqu'il te bat », « ma mère me bat », « des enfants sont battus », etc. Mais Freud précise : « Impossible de décider si la jouissance accompagnatrice des fantasmes était sadique ou masochiste. » On peut donc penser avec lui que ces scènes, fantasmées ou réelles, ont alimenté et alimentent encore les fantasmes jouissifs des enfants, qu'il est absolument décommandé de questionner à ce sujet !

La plupart des adultes ont refoulé ces fantasmes de la période œdipienne et continué leur évolution. « Ce qui existe dans l'inconscient n'est plus assumé dans le conscient », écrit Freud. Si la comtesse de Ségur a alimenté leurs fantasmes lorsqu'ils étaient enfants ou leur a rappelé des scènes réellement vécues, ils ne devraient plus rien éprouver en relisant la Bibliothèque rose sinon éventuellement des réminiscences de l'enfance.

On reconnaît aujourd'hui les conséquences des coups sur l'orientation sexuelle future. Dans la littérature, Jean-Jacques Rousseau, que son père battait quotidiennement, est le premier à faire lui-même le lien entre la fessée et l'orientation masochiste de sa sexualité adulte. Après la fessée infligée par Mlle Lambercier, il écrit dans ses *Confessions* : « J'avais trouvé dans la douleur, dans la honte même, un mélange de sensualité qui m'avait laissé plus de désir que de crainte de l'éprouver derechef par la même main. [...] Qui croirait que ce châtiment d'enfant, reçu à huit ans par la main d'une fille de trente, a décidé de mes goûts, de mes désirs, de mes passions, de moi pour le reste de ma vie, et cela précisément dans le sens contraire à ce qui devait s'ensuivre naturellement ? En même temps que mes sens furent allumés, mes désirs prirent si bien le change, que, bornés à ce que j'avais éprouvé, ils ne s'avisèrent point de chercher autre chose. » Pourtant, Mlle Lambercier, fine mouche, renonça aux fessées, ce châtiment « n'allant pas à son but », et sortit le petit garçon du lit qu'il partageait avec elle, et même de sa chambre.

Laissons à la littérature enfantine le privilège de nourrir les fantasmes des enfants. Bien que la fessée soit dévalorisée et même interdite de nos jours, il reste parfois difficile de convaincre des parents que les coups ne sont pas éducatifs d'autant qu'ils ne savent pas par quoi les remplacer et seraient horrifiés de reconnaître la jouissance qu'ils leur procurent. Eux-mêmes, lorsqu'ils ont été battus et répugnent à critiquer leurs parents, disent : « Je n'en suis pas mort ! » Mais quand on leur dévoile qu'ils prennent le risque d'orienter définitivement la sexualité de leur fille ou de leur fils, ils commencent à y réfléchir à deux fois. Merci Jean-Jacques Rousseau et Sigmund Freud.

Quant à ceux qui défendent la cause des enfants, ils ont encore du mal à admettre que les enfants maltraités ne ressentent pas que de la douleur. C'est pourtant ce qui leur fait le plus honte et les retient de se confier alors qu'ils n'en sont ni responsables ni coupables. Pas plus que de continuer, parfois, à aimer leurs parents et, souvent, à rechercher leur amour même si celui-ci les détruit.

Dans les romans de la comtesse, après de fortes

émotions, des rebondissements multiples, des morts violentes ou naturelles, tout se termine toujours bien. Les enfants peuvent s'endormir les sens apaisés.

L'ÉDUCATRICE

De toutes ces aventures se dégage une conception de l'enfant et de l'éducation. Or, du vivant de la comtesse, ses livres n'étaient pas destinés qu'aux enfants, ils étaient aussi lus par les adultes. On sait qu'en dépit de leur contenu religieux, les instituteurs de l'école républicaine en extrayaient des morceaux choisis qu'ils faisaient étudier à leurs élèves. La comtesse de Ségur ne prétendant pas à la postérité, j'imagine que son ambition, outre de distraire les enfants, était d'éduquer… les parents de ses petits-enfants, les éducateurs sadiques des pensionnats pour garçons, voire les gens du peuple. J'aimerais penser, mais je n'en ai aucune preuve, qu'elle a eu plus d'influence que Jean-Jacques Rousseau sur les méthodes éducatives de l'époque. Au moins faisait-elle ce qu'elle disait, ce qui n'était pas le cas de son illustre prédécesseur.

L'enfant « ségurien » n'est ni bon ni mauvais par nature. Mais il peut devenir bon ou être perverti selon l'éducation qu'il reçoit. Les valeurs éducatives de l'époque n'étaient ni l'épanouissement, ni l'autonomie comme c'est le cas aujourd'hui. Selon la comtesse, un enfant devait apprendre à réprimer ses instincts, à être obéissant, respectueux, charitable, travailleur, bon chrétien. S'il était voleur, paresseux, jaloux, perfide ou menteur, la faute en revenait aux parents ou aux éducateurs, soit parce qu'ils donnaient le mauvais exemple, soit parce qu'ils pratiquaient une éducation basée sur les brimades, les humiliations et les châtiments corporels. Les parents « justes », dont les valeurs morales étaient conformes à leurs actions, avaient, selon elle, des enfants adaptés à leurs attentes légitimes. En clair, les chiens ne font pas des chats ! Or, bien qu'elles soient devenues illégales, il n'est pas dépassé de dénoncer les violences éducatives qui sont fort loin d'avoir disparu. Les enfants qui se plaignent ne sont plus traités de menteurs et l'État s'immisce dans l'intimité des familles au nom de la protection de l'enfance quand il s'agit de soustraire les enfants à l'influence pernicieuse de leurs propres parents. En montrant les effets bénéfiques d'une éducation sans violence, et les conséquences néfastes des perversions parentales, la comtesse de Ségur est en phase avec nos idéaux actuels.

Elle s'en rapproche encore davantage si l'on songe à l'émergence supposée actuelle de l'« enfant-roi ». René Girard, penseur de la violence et du sacrifice, disait en 2003, dans *Libération*, à propos de la comtesse de Ségur : « Les punitions enfantines, c'est un sujet très sérieux chez elle. Hostile à la méthode russe, elle voit venir le problème de l'enfant d'aujourd'hui, l'enfant gâté. »

L'enfant-roi est précisément l'unique sujet de *Quel amour d'enfant !*, véritable leçon de pédagogie, dont chacun peut encore s'inspirer, tant les réflexions de la fillette trop gâtée sont pertinentes. La dédicace à son petit-fils Louis de Ségur-Lamoignon illustre bien comment la comtesse s'adresse indirectement aux parents :

> Cher enfant, tu es fort et généreux comme un lion, doux comme un agneau et sage comme un ange. En lisant l'histoire de Giselle, tu te garderas bien de l'imiter ; au lieu d'être agneau, elle est loup ; au lieu d'être ange, elle est diable. Je ne crains donc pas que tu souffres de la comparaison avec cette méchante petite fille. Il faut en remercier ton papa et ta maman, qui t'élèvent si bien qu'on ne te voit pas de défauts, et que tes bonnes qualités ressortent dans toute leur beauté.
>
> C'est ainsi que te juge ma vive tendresse.
>
> Ta grand-mère qui t'aime.

Giselle, dix ans, est la fille unique – à leur grand regret – de Léontine et Victor de Gerville. Ses parents l'adorent, Giselle parvient toujours « à faire ses volontés », huit bonnes ont été renvoyées, deux préceptrices ont démissionné, deux tantes orphelines, de quelques années de plus qu'elle, ont été exfiltrées par leur frère aîné tant elles étaient traitées en esclaves par Giselle, sans bénéficier de la moindre protection de la part de ses parents.

Giselle est jolie, futée, mais aussi « grossière, méchante, mal élevée, ingrate, révoltante, abominable ». Menteuse, séductrice, manipulatrice, elle emploie sa vive intelligence exclusivement à la satisfaction immédiate de ses désirs. Toute personne qui s'oppose à elle est une persécutrice dont elle se dit la victime, car on ne lui a jamais appris que tous les désirs peuvent s'exprimer mais n'ont pas vocation à être tous satisfaits. Est-ce sa faute ?

Sa mère, Léontine, est incapable de résister à ses demandes les plus extravagantes, prend systématiquement son parti quand ses méchancetés et ses mensonges sont dévoilés, croyant « son pauvre ange calomnié ». Consciente de sa faiblesse, elle pleure beaucoup tout en admettant « combien il lui est difficile et douloureux de croire Giselle coupable de mensonge, de méchanceté, de fausseté » car elle « aime tant cette enfant ». Léontine n'en est pas moins sensible aux bons conseils de sa famille qui l'engage à plus de fermeté et à asseoir son autorité. Ses efforts sont hélas de courte durée. Car Giselle connaît les points faibles de sa mère qu'elle fait céder par ses démonstrations d'amour et ses chantages. Si elle ne parvient pas à ses fins, elle sait trouver chez son père un appui inconditionnel. En effet, Victor est incapable de soutenir sa femme dans les rares moments où elle tente d'être plus ferme. Pourtant, celle-ci le prévient avec douceur : « Cher Victor, nous perdons notre pauvre Giselle par trop d'amour et de faiblesse ; nous préparons son malheur et le nôtre. Ô Victor, je t'en supplie, écoute-moi, aide-moi, soutiens mon courage au lieu de l'affaiblir, retiens-moi quand je faiblis, résiste aux volontés de Giselle. » Il en est bien incapable.

Giselle a parfaitement compris que ses parents qui disent tant l'aimer veulent en réalité être aimés. Qui plus est, chacun veut être plus aimé que l'autre et ne s'en cache pas. Après avoir obtenu de son père d'organiser un bal (à 10 ans !), ce que sa mère lui a refusé :

> Giselle se jette au cou de son père, et l'embrasse avec tendresse en répétant : « Mon bon, mon cher petit père, c'est vous qui m'aimez ; aussi je vous aime, je vous aime de toutes mes forces ! »

Et sa mère de répondre, avec tristesse :

> « Et moi, ma Giselle ? Est-ce que tu ne m'aimes pas autant que tu aimes papa ? »
>
> Giselle, toujours attachée au cou de son père, jeta un regard froid et sec sur sa mère, se serra de nouveau contre son père et dit :
>
> « J'aime papa, mon bon, mon cher papa. »

La rivalité n'est pas qu'entre le père et la mère mais aussi entre la mère et la fille. Alors que l'enfant est privée, pour une fois et de façon méritée par sa mère, d'une fête de famille chez son oncle, son père renonce aussi à s'y rendre pour ne pas laisser la malheureuse enfant seule « à l'abandon avec les domestiques ». La scène a lieu en présence de vieux amis de la famille :

Giselle : Je ne peux pas aimer tout le monde autant que j'aime papa, qui est si bon pour moi ; alors vous êtes tous jaloux de lui. N'est-il pas vrai, papa, ils sont jaloux ?

M. de Gerville, *riant et embrassant Giselle* : Cela se pourrait bien, mon cher amour, et ils peuvent bien aussi être jaloux de toi, car je t'aime plus que tout au monde.

Giselle : Même plus que maman ?

M. de Gerville hésita, mais, cédant aux caresses de sa fille et à ses instances, il répondit : « Eh bien, oui, même plus que maman. »

Giselle sourit d'un air triomphant à sa mère, qui ne répondit que par un regard douloureux qu'elle jeta sur son mari et sur Giselle.

Le père ne peut aller plus loin dans la transgression des limites. Face aux assauts de sa fille, il est incapable de respecter les places générationnelles en indiquant qu'on peut aimer autant sa fille et sa femme mais pas de la même façon. Aujourd'hui, on dirait que l'interdit de l'inceste n'a pas été signifié et encore moins respecté, Giselle obtenant de prendre la place de sa mère dans le cœur complice de son père.

Exerçant jusqu'en 2012 comme pédopsychiatre dans un centre médico-psychologique en région parisienne, je me souviens de la fréquence avec laquelle mes confrères et moi-même recevions des enfants survoltés, incapables de respecter la moindre règle, se faisant renvoyer de l'école dès la maternelle, n'ayant pas d'amis, ne pouvant être confiés à personne, alors qu'une ou deux décennies auparavant, nous recevions plutôt des enfants timides voire totalement inhibés. Les parents, épuisés, ne considéraient pas moins leur enfant comme « surdoué », ayant « du caractère », minimisant ses comportements asociaux, rejetant la responsabilité sur les institutions, la crèche ou l'école. Voulant que leur progéniture « s'épanouisse », confondant interdiction avec oppression, obéissance avec soumission, ils étaient incapables d'assurer un minimum de sécurité en imposant un cadre, au risque que l'enfant déclare « papa méchant ! » ou « maman méchante ! », signe, à leurs yeux, qu'ils n'étaient plus aimés.

À l'adolescence, on voit des pères littéralement amoureux de leur fille (ou de celle de leurs filles qui ressemble le plus à sa mère… en plus jeune) ou des mères amoureuses de leur fils, faisant échouer toutes les tentatives du parent de l'autre sexe lorsqu'il tente de poser quelque limite ou au moins d'occuper dignement sa place. Peut-on signifier à un enfant l'interdit de l'inceste si les parents eux-mêmes ne se l'imposent pas ?

Nous pensions, probablement à juste titre, que nous avions en partie échoué à faire comprendre que si un enfant doit être considéré comme un sujet digne de respect dès son plus jeune âge, son humanisation passe par des interdits structurants. Comment les faire respecter sans autoritarisme ni violence, tel est le défi. Nous pensions aussi que si, de tout temps, les parents ont été soucieux d'être respectés, il nous paraissait nouveau qu'ils veuillent avant tout être aimés au point de ne pouvoir supporter la moindre ambivalence, tout en tolérant le manque de respect au-delà du raisonnable. Questionnés sur les sentiments qu'ils éprouvaient eux-mêmes à l'égard de leurs propres parents, ils reconnaissaient sans peine qu'ils n'aimaient pas *tout le temps* leurs parents. Et ce sont les jeunes, aujourd'hui, qui ont sans cesse le mot « respect » à la bouche.

En relisant la comtesse de Ségur, je n'ai pas été surprise d'y croiser des enfants gâtés, tyranniques et odieux, qui bien sûr ont toujours existé et étaient considérés mauvais par nature. Elle a su relier, de façon prémonitoire vu l'ampleur qu'a prise ce phénomène, le désir de M. et Mme de Gerville d'être aimés l'un et l'autre… par leur fille en ne lui imposant aucune limite, avec pour conséquence son comportement tyrannique. On imagine aisément que certaines femmes, dont la comtesse elle-même, déçues par leur conjoint, aient reporté leur amour sur leurs enfants à qui elles font occuper, dans leur imaginaire, la place laissée vacante par le mari. Mais il n'était certainement pas courant à l'époque qu'un *pater familias* ait le souci d'être aimé de ses enfants…

Se succèdent au fil des pages les mille révoltes de Giselle, les mille faiblesses de son père, le chagrin mortel de sa mère. Au point où en sont arrivées les exécrables relations entre Giselle, ses parents et leur entourage, l'intervention d'un tiers s'impose, comme aujourd'hui, les parents réduits à l'impuissance viennent en consultation.

Une grand-tante, Mme de Monclair, incarne ce tiers. Qui est-elle ? « Malgré ses quarante-six ans, elle avait conservé une gaieté, un éclat, une légèreté, une santé de vingt ans. Bonne avec tout le monde, amie fidèle et dévouée, elle avait des amis innombrables qu'elle taquinait sans les fâcher, dont elle riait sans les blesser. Riche et d'une position élevée, elle se mettait au service de tous ceux de son intimité qui avaient besoin de sa protection ou de sa bourse. »

Dialoguant seule à seule avec Giselle, elle commence par lui demander à brûle-pourpoint : « Es-tu heureuse ? » À quoi Giselle, surprise, répond franchement : « Non ma tante. » Tout en l'écoutant puis en parlant d'elle-même au même âge que Giselle en prétendant avoir eu les mêmes défauts, elle acquiert sa confiance pour lui enseigner des « moyens d'être très heureuse, et de n'être jamais ni grondée, ni punie », moyens qu'elle se serait appliqués à elle-même à l'âge de Giselle.

Ces moyens vont crescendo en débutant par une technique comportementale par autosuggestion :

> « Quand maman ou ta bonne t'empêchent de faire quelque chose qui te plaît, ou veulent te faire faire quelque chose qui te déplaît, dis-toi en toi-même : "Il faut bien que j'obéisse puisque je suis un enfant." Si cela ne suffit pas, dis au bon Dieu : "Mon

Dieu donnez-moi le courage d'obéir." Tu verras que l'envie de résister s'en ira. »

À quoi Giselle répond très justement :

« Mais, ma tante quand je résiste, on me cède presque toujours […], papa oblige maman à me céder. »

Cette méthode a donc peu de chances d'être un succès. Mme de Monclair lui fait alors miroiter tous les avantages qu'elle pourrait tirer d'un changement de comportement : elle serait plus jolie, tout le monde l'aimerait, etc. Et puis, elle s'habituerait si bien à être obéissante que ce ne serait même plus un effort. Giselle a bien envie d'être appréciée, mais renoncer d'elle-même à la satisfaction de ses désirs, n'est-ce pas trop lui demander ? Eh bien si.

Puisque les parents de Giselle sont incapables de poser des limites, Mme de Monclair lui propose alors de les leur réclamer : « Tu vas aller embrasser ta maman, tu lui diras que tu veux être une bonne petite fille, douce, obéissante et polie ; tu sais comme ta pauvre maman t'aime ; elle ne te laissera pas seulement achever ta phrase tant elle t'embrassera. Puis tu prieras papa de ne pas te soutenir quand tu es mauvaise, et de laisser maman s'arranger avec toi. Il va être joliment surpris. » Aussitôt dit, aussitôt fait. Le père n'en croit pas ses oreilles et pendant deux jours, Giselle applique à la lettre les conseils de sa tante…

jusqu'à la rechute de ses deux parents dès lors qu'il aurait fallu s'opposer à leur fille. Devant leur inconséquence, Mme de Monclair tentera enfin, avec un succès éphémère, d'obliger Giselle à s'éduquer toute seule : « Il te faut une punition que personne n'osant t'infliger de peur de te chagriner, tu dois le faire toi-même courageusement, généreusement. » Et Giselle de s'infliger une punition.

On ne saurait mieux décrire ce que les parents trop laxistes font peser sur leurs enfants : loin de les laisser s'épanouir en acceptant, fût-ce à contrecœur, les interdits qui les feront grandir, les enfants se trouvent en position de s'éduquer eux-mêmes. Tous n'ont pas cette force ou la chance de rencontrer une Mme de Monclair susceptible de comprendre que la tyrannie qu'ils exercent est une souffrance.

Non seulement Giselle a été capable de s'appliquer la punition qu'auraient dû lui infliger ses parents, mais à la demande d'amour exclusive de son père qui se sent en rivalité avec Mme de Monclair, elle a le courage de répondre : « Vous avez tort de me laisser faire. Vous me faites du mal au lieu de me faire du bien ; et c'est pourquoi je n'ai pas confiance en vous comme en ma tante. […] Non papa, je ne suis pas ingrate ! je vous aime beaucoup ; mais… je ne sais comment expliquer ce que j'éprouve… Je vous aime, mais il me semble que je n'ai pas pour vous le respect que j'ai pour ma tante. » Amour ne va pas sans respect… Victor prend conscience qu'il a « perdu l'estime de sa fille ; elle l'aimait comme on aime quelqu'un de dévoué, de complaisant, qui se rend utile, mais auquel on ne pense pas quand on n'en a pas besoin ». Et Léontine, la mère, d'ajouter : « Elle ne nous respecte pas, parce que nous manquons à notre devoir en ne la dirigeant pas. Mais il est temps encore de retrouver son respect et son affection. Soyons plus fermes et plus sages. »

Seule avec sa tante, Giselle avouera qu'au fond, elle n'aime pas ses parents : son père l'aime trop et lui fait du mal ; sa mère a peur d'elle et n'ose la gronder : « Je me moque d'eux dans mon cœur et dans ma tête. Et alors cela m'empêche de les aimer tout de bon. »

Aussi lucides soient-ils, Léontine et Victor sont incapables d'évoluer. Demander à Giselle de s'auto-éduquer relève de la mission impossible – « c'est si agréable de faire toutes mes volontés, de n'être jamais contrariée ! » dira-t-elle. Les années se succèdent sans que rien ne change. Que faire ? Mme de Monclair a l'habileté de présenter à Giselle l'entrée au couvent comme un pari : alors que Giselle menace de s'en échapper, sa tante lui rétorque que c'est le couvent qui ne voudra pas d'elle et la renverra. Pour contredire sa tante, elle y restera trois ans de son plein gré, contre l'avis de ses parents, reconnaissant y trouver enfin ce qui lui a toujours manqué : « Là-bas, j'ai des maîtresses qui savent me diriger, des compagnes qui ne craignent pas de me contrarier et de me faire céder. J'ai la conscience tranquille, je suis heureuse ; je m'amuse. »

L'histoire aurait pu s'arrêter là mais la comtesse de

Ségur, sans la moindre compassion ni pour Giselle, ni pour ses parents, va nous permettre de suivre son destin. Si le couvent a eu des effets très bénéfiques, ceux-ci s'estompent peu à peu quand Giselle, devenue jeune fille, revient vivre chez ses parents. Elle a maintenant dix-sept ans et, pour quitter sa famille qui l'insupporte, la seule solution est le mariage. Entre deux prétendants, avec l'approbation de son père, elle choisit celui qui lui ressemble le plus : par l'âge (quarante ans) mais surtout parce qu'il lui promet de satisfaire ses moindres désirs. Mariage désastreux : Giselle dilapide la fortune de son mari, qui en mourra, et retourne, repentante, veuve et pauvre, chez ses parents dix ans plus tard. Mais comme tout finit bien, le premier prétendant, jeune, brillant, vertueux, réapparaît. S'accordant à présent sur les mêmes valeurs, ils se marièrent, furent heureux, eurent plusieurs enfants à qui ils ne laissèrent rien passer…

Ce livre a peut-être paru caricatural à l'époque où l'obéissance devait être obtenue à n'importe quel prix. Des Léontine et des Victor ne devaient pas courir les rues tant ils étaient éloignés des idéaux éducatifs de leur milieu et de leur époque. Mais aujourd'hui, *Quel amour d'enfant !* est franchement d'actualité et même assez poignant. Plus efficace que tous les conseils « psy », le renversement des rôles engage à réfléchir ; c'est par l'enfant que les parents comprennent qu'en n'assumant pas leurs fonctions éducatives au risque de le chagriner momentanément, ils ne sont pas aimés comme ils y prétendent et encore moins respectés. Incapables d'imposer des limites, ils contraignent l'enfant à se les imposer lui-même en « éduquant » ses parents : le monde à l'envers.

La suite n'est pas moins surprenante : certes la séparation a des effets positifs mais ils s'annulent si, entre-temps, les parents ne changent pas. Pour finir, la comtesse va jusqu'à montrer les conséquences de l'éducation sur les choix de vie à l'âge adulte. Peut-être a-t-elle tiré ce savoir de l'éducation de son plus jeune frère, gâté au-delà du raisonnable par sa mère, non pas pour qu'il l'aime mais pour qu'il se convertisse au catholicisme. Non seulement il est resté orthodoxe mais cette éducation l'a totalement perverti.

De nos jours, de plus en plus d'enfants demandent à aller en internat au grand dam de leurs parents, tandis que d'autres leur sont enlevés sur décision judiciaire. Tous les efforts de protection convergent, à juste titre, vers les enfants maltraités (que leurs parents d'ailleurs disent aimer). On est moins attentif, à tort, aux ravages des parents qui aiment trop leurs enfants. Quand M. de Gerville pour faire renoncer sa fille à retourner au couvent dit à sa femme : « Réglons notre vie sur les goûts et l'âge de notre fille ; en la rendant heureuse, en lui faisant aimer notre intérieur, nous aurons atteint notre but », je ne peux m'empêcher de penser à Françoise Dolto quand elle disait qu'un enfant doit être à la périphérie du couple parental et non au centre.

Ce roman nous amène à réfléchir sur nos pratiques : il révèle que les effets bénéfiques de la séparation d'avec les parents peuvent être réduits à néant si au retour (et même lors des visites) les enfants retrouvent la situation inchangée. L'idéal selon lequel un enfant ne serait jamais mieux que dans sa famille doit parfois rester un idéal : inatteignable !

Pour terminer sur une note plus optimiste, j'ai connu, dans mon entourage, des enfants absolument abominables, n'ayant rien à envier à Giselle. Ceux et celles que j'ai revus des années plus tard étaient devenus des personnes aimables et fort civiles. Les parents n'ayant pas changé, j'en ai conclu qu'ils avaient eu la force et l'intelligence de s'éduquer eux-mêmes, ou, qui sait, de trouver dans leur vie le soutien d'une Mme de Monclair.

Profond par sa justesse psychologique, ambitieux par le choix et la diversité des sujets traités, *François le bossu* est, à mes yeux, un des meilleurs livres de la comtesse de Ségur. Les références religieuses y sont parfois assez pesantes et peuvent agacer. On ne sait jusqu'à quel point elles ont été insufflées par Gaston. Sont-elles dépassées ? Dans notre société républicaine et laïque, l'utilisation lancinante du mot « fraternité » par ceux qui veulent « faire le bien » ressemble à s'y méprendre à la charité chrétienne. Si une telle présentation vous inspire quelques réticences, surmontez-les : le livre ne manque ni de gaieté, ni d'humour, ni de rebondissements. La légèreté du style fait passer la gravité des sujets. Un personnage d'« ange gardien », Paolo, l'Italien à l'accent prononcé, protégeant les faibles, rendant mille services, soignant miraculeusement François le bossu, vous amusera.

La comtesse de Ségur, sous le feu des critiques familiales, a renoncé à son titre initial, *La Mauvaise Mère*, au profit de *François le bossu*, moins « immoral ». Les temps ont bien changé : récemment, plusieurs femmes, telles Judith Norman et Marguerite Andersen, ont intitulé leurs témoignages « Mauvaise mère ». Mais ces deux titres annoncent bien les deux sujets du livre : la négligence parentale et le handicap physique. Deux sujets qu'on a commencé à prendre en considération seulement à la toute fin du XXe siècle.

Commençons par la négligence : Mme des Ormes, la mère de Christine, n'est ni trop aimante, ni maltraitante physiquement. Certes, elle humilie sa fille en public sans même s'en rendre compte, ne lui trouvant aucune qualité ; les mauvais traitements, tout à fait réels, que sa fille subit, sont infligés par une bonne d'enfant allemande, Mina. Christine vit sous sa menace et ne peut s'en plaindre, assurée que sa mère, pour être tranquille, lui donnera toujours tort. Les autres domestiques, au courant des méfaits de Mina, ne disent rien et ceux qui pourraient intervenir ne voient rien, puisque Christine « habituée à souffrir et à se taire » ne laisse rien paraître du peu de cas qu'on fait d'elle. « Mme des Ormes oubliait sans cesse sa fille pour ne s'occuper que de toilette et de plaisirs. M. des Ormes, faible et indifférent avait des éclairs de demi-tendresse qui ne duraient pas. » Mme des Ormes ne déclare-t-elle pas en toute candeur : « C'est ennuyeux les enfants ! Ils gâtent tout ! Ils empêchent tout ne trouvez-vous pas ? [...] On est bien plus à l'aise pour s'amuser sans enfants ! » Aujourd'hui, on se demanderait pourquoi de tels couples font des enfants. À l'époque, ils n'avaient pas le choix...

Mme des Ormes pousse loin la négligence affective autant que matérielle : outre qu'elle trouve sa fille laide (bien que M. des Ormes lui fasse remarquer non sans ironie qu'elle lui ressemble) et bête, elle la laisse sous la garde de son bourreau en partant deux ans alors que son absence devait durer... deux semaines. Au retour, « l'entrevue avec Christine ne fut pas attendrissante ; son père et sa mère l'embrassèrent sans émotion, la trouvèrent grande et embellie ». Christine ne reçoit aucune éducation – même pas la couture, c'est dire –, bien qu'elle ait appris à lire presque seule. La mère ne veut rien dépenser pour sa fille, lui reproche de trop manger, de pleurer, l'oublie chez des amis au retour d'une fête, etc. Le père n'est pas plus attentionné, même s'il a fugitivement quelques remords : « Sa conscience lui reprochait son insouciance pour elle et le peu de soin qu'il prenait de son bien-être, sa femme ne s'en occupant pas du tout. »

Et comme on le constate si souvent en clinique, Christine non seulement ne se plaint pas, mais protège sa mère. Quand un autre enfant lui dit qu'à ses yeux, sa mère ne l'aime pas, elle répond : « Tu te trompes, maman m'aime ; seulement elle n'a pas le temps de s'occuper de moi. » Hormis les plaisirs (monter des pièces de théâtre comme *La Belle au bois dormant* où elle joue… la Belle), Mme des Ormes a pour principale préoccupation de paraître jeune et surtout de le rester. Au jeu de « qui est la plus jeune ? », une fille sera toujours gagnante. La comtesse de Ségur revient à plusieurs reprises sur ce thème pour en montrer la vanité et le ridicule, mais ce sera aussi la chance de Christine : pour l'ôter de sa vue, sa mère la « donnera » à M. de Nancé, le père de François, chez qui elle sera très heureuse.

Je me souviens qu'au temps de mon adolescence, la journaliste Michèle Manceaux m'a raconté que sa mère, Aimée Mortimer, animatrice de télévision fort connue dans les années 1950-1960 (*À l'école des vedettes*), l'empêchait, à la puberté, d'acheter un soutien-gorge et l'obligeait à porter encore des socquettes. À cette époque, pour les filles, soutien-gorge et porte-jarretelles faisaient partie des rites de passage à l'adolescence. Cette femme, réputée pour sa ressemblance avec Marlene Dietrich, craignait qu'en voyant sa fille unique, on puisse en déduire son âge. Elle le dissimulait avec tant d'insistance que tout le monde se demandait : « Quel âge peut-elle bien avoir ? » Cela m'avait scandalisée et rappelé ce dialogue de François le bossu qui m'avait frappée quand j'étais petite.

Après une nouvelle absence de huit mois, Mme des Ormes rend visite à sa fille confiée définitivement au père de François :

Mme des ormes : Comme tu es grandie ! Je suis honteuse d'avoir une fille si grande ! Tu as l'air d'avoir dix ans !

Christine : Et je les ai, maman, depuis dix jours.

Mme des ormes : Quelle folie ! Toi, dix ans ! Tu en as huit à peine !

Christine : Je suis sûre que j'ai dix ans, maman.

Mme des ormes : Est-ce que tu peux savoir ton âge mieux que moi ? Je te dis que tu as huit ans, et je te défends de dire le contraire. Puisque j'ai à peine vingt-trois ans, tu ne peux avoir plus de huit ans.

Personne ne répondit ; elle mentait et se rajeunissait de dix ans car elle s'était mariée à vingt-deux ans et Christine était née un an après son mariage.

Dans son livre de souvenirs, Olga, la plus jeune fille de la comtesse, raconte que la femme qui a inspiré le personnage de Mme des Ormes avait un fils et non une fille, envoyé à l'étranger chez un pasteur protestant. À son retour en France, il fit, grâce à Sophie, un superbe mariage. Un jour qu'elle lui demandait son âge, il lui répondit : « J'ai un an de plus que ma mère. » Un an de plus ? s'étonna-t-elle. « Mais oui, ma mère déclare qu'elle a vingt-neuf ans, moi j'en ai trente. » Aujourd'hui, pour paraître plus jeunes, les mères s'habillent comme leurs filles, jettent leur soutien-gorge et portent des socquettes.

Pourquoi ai-je retenu ce dialogue alors que ma mère n'était pas du genre à vouloir se rajeunir et encore moins à mes dépens ? Son apparence lui importait, elle était très élégante, appréciait la haute couture (Dior,

Saint Laurent, Courrèges), mais ce n'était pas une passion exclusive. Je me souviens de mes incursions dans sa garde-robe, du parfum qui s'en dégageait (*Vol de nuit* de Guerlain), de ses chaussures à talons que j'essayais en son absence, de ses bas avec couture pliés dans du papier de soie, de son rouge à lèvres que j'avais du mal à retirer. La petite fille que j'étais aspirait à devenir la femme qu'elle était, et non l'inverse.

Dans *Mères-filles, une relation à trois*, écrit avec Nathalie Heinich et publié en 2002, nous avions identifié, entre autres, la catégorie des mères « plus femmes que mères ». Leur caractéristique est d'avoir une passion qui n'est pas la maternité. Celle de Mme des Ormes est le paraître. Cette passion est loin d'avoir disparu, stimulée par les réseaux sociaux, mais heureusement les femmes d'aujourd'hui peuvent avoir d'autres passions que leur propre personne, notamment leur métier, qu'il s'agisse ou non d'une vocation.

Force est de constater que la plupart des femmes qui s'investissent à fond dans leur vie professionnelle ne négligent pas pour autant leurs enfants. Elles parviennent tant bien que mal à concilier vie professionnelle et vie familiale. Mais leurs enfants ressentent ce que Françoise Mallet-Joris exprime avec une implacable sobriété dans *La Double Confidence* : « L'essentiel dans la vie de ma mère n'était évidemment pas d'être ma mère. » Je fais partie de ces enfants.

Je me souviens que je voyais très peu ma mère, elle ne m'a jamais accompagnée à l'école, où j'allais seule très jeune, mais j'en étais très fière. Elle n'est jamais venue m'embrasser avant de m'endormir car elle n'était pas là. Le dimanche matin, nous allions ensemble acheter des fleurs (d'horribles glaïeuls fort à la mode à l'époque) et de temps à autre, elle m'habillait de pied en cap à La Châtelaine. J'étais élevée par ma grand-mère maternelle qui vivait avec nous. C'est seulement après sa mort – j'avais douze ans – que j'ai pris un repas avec ma mère et que je suis partie en vacances avec elle. Je ne me suis jamais demandé si elle m'aimait car j'en avais la certitude. Elle ne me parlait jamais de son métier et je ne lui posais jamais de questions. Ma grand-mère l'adorait et comme j'adorais ma grand-mère, j'adorais ma mère. Elle était l'homme de la famille.

Il arrive cependant que l'enfant d'une mère « plus femme que mère » soit négligé, exclu affectivement voire matériellement, parfois dès la naissance et pour toute la vie. La négligence n'est pas ce qu'on fait, mais ce qu'on ne fait pas. Cette forme de maltraitance, sans traces physiques, dont les enfants ne se plaignent pas, reste, encore de nos jours, la plus difficile à détecter, à signaler (parce qu'il faut produire des « preuves ») et à traiter. Non seulement les enfants des milieux favorisés ne sont pas épargnés, mais c'est dans ces milieux que la négligence passe la plus inaperçue. Les psychanalystes qui reçoivent les enfants des écoles privées les plus huppées en savent quelque chose. Ces enfants vivent dans la richesse matérielle et la misère affective. C'est seulement lorsque leurs symptômes deviennent trop gênants pour leurs parents qu'ils viennent consulter. Sous couvert de les « responsabiliser », en réalité pour des motifs professionnels cachant parfois des escapades amoureuses, ils peuvent rester seuls très jeunes, abandonnés des soirées, des week-ends, des semaines entières. Sans se plaindre, car ils en « profitent » pour faire mille bêtises, parfois dangereuses, dont les parents auront beau jeu de s'offusquer. D'autres se retranchent de toute vie sociale et peuvent aller jusqu'au suicide devant l'évidence que leur vie ne compte pas. Ils n'ont pas tous la chance, comme Christine, de trouver des familles de substitution auxquelles les parents les confieraient volontiers s'ils ne s'en sentaient pas vaguement coupables aux yeux de la société.

Dans les familles venant de milieux plus précaires, l'école s'inquiète légitimement en voyant un enfant sale, mal habillé, sans matériel scolaire, souvent absent ou ayant faim. Associer les négligences à la pauvreté est un préjugé tenace qui dessert les enfants. Les familles précaires ne négligent pas leurs enfants parce qu'elles sont précaires, bien au contraire. Mais il y a des familles précaires *et* négligentes comme il y a des familles économiquement favorisées *et* négligentes.

François le bossu, qui a dix ans au début du livre, est l'autre héros de l'histoire. Il se présente d'emblée à ses camarades de son âge en leur disant : « Je m'appelle François ; maman est morte, je ne l'ai jamais vue. » Tout est dit. Après avoir échangé sur leurs âges respectifs, ses amies, Christine et Gabrielle, remarquent d'abord sa petite taille puis sa bosse, mais le trouvant gentil elles n'hésitent pas à jouer avec lui. À sa grande surprise car il est habitué à être moqué. Se noue une indéfectible amitié entre François et Christine, les deux victimes silencieuses, Christine de ses parents et de sa bonne, François, du regard malveillant porté sur son handicap. À la différence de Christine, François a un père, M. de Nancé, qui voue entièrement sa vie à protéger et à éduquer son fils. On sait qu'un enfant handicapé et les soins qu'il requiert peuvent briser un couple, notamment lorsqu'il devient le centre de la vie de l'un des parents, le plus souvent la mère, qui a rarement le choix. Ici, on a une description fort juste de l'attachement qui peut paraître excessif entre un père, veuf, et un fils handicapé qu'il met au centre de sa vie : « Son grand chagrin était l'infirmité de son pauvre François, qui avait été droit et grand jusqu'à l'âge de sept ans, et qu'une chute du haut d'un escalier avait rendu bossu. »

La certitude d'être aimé tel qu'il est, par son père, par sa bonne puis par Christine immunise François contre les attaques et les préjugés des enfants comme des adultes. « Les bossus sont toujours méchants ; aussi il faut les écraser avant qu'ils vous écorchent et c'est ce que nous faisons, Adolphe et moi », affirme le jeune Maurice. Mais François, petit par sa taille, est grand par son sens de la repartie qui terrasse ceux qui l'attaquent. À Maurice et son frère, qui le provoquent : « Vous êtes sans doute parent d'un homme charmant qui s'appelait Ésope et qui est très célèbre par une excroissance qu'il avait dans le dos », François répond en riant : « Et sur la poitrine aussi ; et vous savez sans doute, Messieurs, puisque vous êtes si savants, que son esprit est aussi célèbre que sa bosse ; et sous ce rapport, je vous remercie de la comparaison, très flatteuse pour moi. »

La suite de l'intrigue est surprenante car il n'y a pas un seul handicapé, comme le titre le laisse supposer, mais deux. Adolphe et Maurice, qu'on a vus se jeter par la fenêtre pour échapper aux flammes, sont des voisins de François et Christine. Leur chute a eu de graves conséquences : brûlures et multiples fractures. Au bout de quelques mois, Adolphe s'en remet mais ce n'est pas le cas de Maurice : « De quelle terreur ne fut-il pas saisi quand il vit ses jambes tordues et raccourcies, une épaule remontée et saillante, les reins ployés et ne pouvant se redresser, et le visage, jusque-là enveloppé de cataplasmes ou d'onguent, couturé et défiguré par les brûlures ! »

Depuis l'accident, François et Christine ont eu l'occasion d'« exercer la vertu de charité », en leur rendant visite sans être rebutés par un premier accueil glacial. Adolphe continue de détester le bossu mais Maurice va progressivement évoluer. Comparant la réaction compatissante de François à celle de son frère, particulièrement odieuse devant ses difformités, « il se demanda d'où pouvait venir cette différence [...]. Il crut comprendre qu'elle provenait de l'éducation différente qu'ils avaient reçue : Adolphe et lui, élevés légèrement, sans religion, sans principes, ne vivant que pour le plaisir et la dissipation ; François, élevé pieusement, sérieusement, quoique gaiement, pratiquant la religion et la charité, s'oubliant pour les autres et faisant passer le devoir avant le plaisir ». N'est-ce pas le credo de Gaston ? Car plus loin, Christine et François, tout en continuant leurs visites compassionnelles, n'hésitent pas à dire franchement ce qu'ils pensent : Christine ne peut s'empêcher de détester Maurice et même François ne l'apprécie guère. Maurice, lui, aime de plus en plus ses petits visiteurs, souffre de ne pas se sentir aimé autant qu'il le souhaiterait et jalouse la complicité de ses amis.

Les parents de Maurice devant impérativement aller à Paris et son frère entrer en pension, c'est encore M. de Nancé qui accueillera le jeune handicapé, poussé par Christine et François, prêts à surmonter leur aversion. Maurice va vivre là ses derniers moments. Parce que ses parents sont absents la comtesse peut lui faire dire : « Je crois que je n'ai plus longtemps à vivre [...] Depuis longtemps je me sens mourir et je le cache à mes parents : je les regrette amèrement et pourtant je suis heureux d'être ici. » Certes, Maurice attend d'avoir fait sa première communion, demande pardon pour ses méchancetés passées, reçoit l'extrême-onction puis rend « son âme à Dieu avec le sourire du chrétien mourant ». Ces considérations religieuses n'édulcorent pas la vérité des propos de Maurice face à la mort... dans un livre pour enfants.

Je me souviens que la psychanalyste Ginette Raimbault a publié en 1975 *L'Enfant et la mort. Des enfants malades parlent de la mort*. Au chevet d'enfants hospitalisés en néphrologie à l'hôpital Necker, elle les a écoutés pendant leurs séances de dialyse et ils lui ont parlé de ce qu'ils ne pouvaient dire ni à leurs parents, ni aux soignants. Les lecteurs ont découvert que les enfants parlent de la mort... exactement comme Maurice : ils savent qu'ils vont mourir et ne veulent pas faire de peine à leurs parents.

Comment faire une fin heureuse après tant de tragédies ? Pour le dire brièvement, M. de Nancé partira soigner son fils dans le Midi tandis que Christine ira au couvent pendant deux ans. Séparation cruelle et mal supportée. Qui croyez-vous la demande en mariage ? Adolphe, l'abominable frère du défunt Maurice. Christine refuse ce beau parti et même tout engagement, jusqu'à ce que M. de Nancé l'invite à épouser François sans méconnaître les inconvénients qu'elle pourrait éprouver à épouser un handicapé. Christine accepte avec bonheur mais quand François revient, ô miracle, il est « redressé ».

Christine et François, n'ayant aucun lien de sang, peuvent légalement se marier. Mais, comme ils ont vécu comme frère et sœur pendant toute leur enfance, il est assez subtil et probablement bienséant de les séparer à l'adolescence. Lorsqu'ils se retrouvent, deux ans plus tard, François, redressé, n'est plus le même : Christine, sûre de ses sentiments, va épouser un garçon qui lui est physiquement étranger, éloignant le spectre d'un pseudo-inceste frère-sœur. Il n'en reste pas moins que Christine, ayant eu l'autorisation de ses parents d'appeler M. de Nancé « papa » dès l'enfance, mari et femme, bien que n'ayant pas le même père, auront le même « papa ».

Un autre livre, *La Sœur de Gribouille*, aborde la question du handicap non plus physique mais psychique. Gribouille, on le sait, est un personnage populaire qui s'est jeté à l'eau pour ne pas être mouillé par la pluie. Le personnage du roman, de son vrai nom Babylas, a reçu son surnom après avoir voulu protéger son habit neuf de la pluie en entrant dans un ruisseau abrité par des saules pleureurs. Son statut d'illuminé, de simple d'esprit, ne lui attire pas toujours des remarques désobligeantes : « Sa figure douce, régulière, sa physionomie un peu niaise, sa bouche légèrement entr'ouverte, sa taille élancée et sa tournure dégingandée, attiraient l'attention et indiquaient un léger dérangement dans l'esprit, tout en inspirant l'intérêt et la sympathie. »

Gribouille dit tout ce qui lui passe par la tête sans aucune retenue comme s'il ne connaissait pas le refoulement. Ça lui vaut bien des ennuis car il exprime des vérités assez profondes et souvent dérangeantes que la bienséance, l'hypocrisie ou les préjugés empêchent de reconnaître. Un exemple : le livre commence par la longue agonie et la mort de sa mère qui afflige l'entourage. Lui seul exprime qu'« il n'y a pas de quoi se chagriner. Maman dit toujours: “Mon Dieu, si je pouvais mourir ! je serais bien heureuse si j’étais morte ! je ne souffrirais plus !” » Ou encore à sa sœur, Caroline : « Pourquoi pleures-tu, puisqu’elle est heureuse ? Tu n’es donc pas contente qu’elle soit heureuse ? C’est drôle d’aimer comme ça, pleurer parce que maman est heureuse sans toi ! Pleurer parce qu’elle ne souffre plus près de toi. »

Gribouille a une autre singularité qui le fait passer pour bête : il prend tout ce qu’on lui dit au pied de la lettre. Quand Caroline lui dit de porter le linge sale au lavoir où elle le rejoindra, que croyez-vous qu’il fait ? Il porte le linge au lavoir et attend sa sœur. Il ne lave pas le linge puisqu’elle ne le lui a pas demandé, et ne rentre pas à la maison puisqu’elle lui a dit qu’elle le rejoindrait sur place.

Exprimer des vérités que les adultes se retiennent de dire et même de penser, prendre les expressions au sens littéral, c’est ce que font les enfants… sauf que Gribouille a quinze ans ! C’est un jeune homme qui n’a pas « grandi ». Sa logique est celle d’un enfant de cinq ans : il fait une totale confiance à la parole des adultes dont il se sent aimé, et considère qu’ils ont toujours raison – « même quand je ne comprends pas », dit-il ; comme un enfant, il prend au pied de la lettre les métaphores de la langue française, comme « graisser la patte », « filer à l’anglaise », « joindre les deux bouts », « rouler dans la farine », « se regarder le nombril », « faire main basse », etc.

Je me souviens que Françoise Dolto commence son *Autoportrait d'une psychanalyste* ainsi : « Alors, c'est pour me poser des questions sur ma "dingoterie" que vous venez me voir aujourd'hui ? » C'est un peu osé, mais en lisant Gribouille, je n'ai pu m'empêcher de penser à la « dingoterie » de Françoise Dolto enfant, encore qu'elle ne disait pas tout ce qui lui passait par la tête. Mais elle donne de nombreux exemples de sa logique enfantine. En voici un :

> Nous allions souvent à Deauville, puisque c'est là que nous passions toutes les vacances. Et il y avait une phrase que disaient les grandes personnes et que j'entendais depuis ma petite enfance : « Les crevettes demandent à être cuites vivantes. » On cuisait des crevettes sans arrêt. Je me disais : « Comment les grandes personnes ont-elles compris qu'elles demandent ça ? » Et, quand je posais la question : « Qu'est-ce qu'elle est bête celle-là », mais on ne me répondait pas. On ne me disait pas que c'était une façon de parler. Du coup, j'en concluais que les adultes étaient très malins d'avoir compris ce que disent les crevettes.

Les adultes que nous sommes devenus (en principe !) ont tous au moins un souvenir semblable, parfois cuisant, ou l'ont remarqué chez leurs propres enfants : ce sont les fameux « mots d'enfants » qui se transmettent de génération en génération. Mais rares sont ceux qui gardent cet esprit d'enfance, celui qui permet justement d'écouter et parfois de comprendre ce qu'un enfant veut dire en employant le vocabulaire entendu autour de lui sans forcément le comprendre. Pour autant, les enfants ne sont pas dépourvus du sens de la métaphore : on le voit dans leurs dessins où ils sont capables de représenter un membre de leur famille par un meuble, un objet ou un animal. La comtesse de Ségur elle-même n'associe-t-elle pas le perroquet à sa mère ? Celle-ci possédait une volière avec trois cents perroquets qu'elle laissait parfois en liberté dans les grands salons du château de Voronovo. Et surtout, elle y paraissait bien plus attachée qu'aux êtres humains. Gribouille, qui se sent persécuté par les insultes de Jacquot, se fait une joie d'étrangler le fameux perroquet, réalisant, grâce à la fiction, le souhait inexprimable de la petite Sophie.

Gribouille, le simple d'esprit, le maladroit, est un révélateur du meilleur comme du pire chez les gens normaux dont il pressent les qualités et les défauts sans se tromper : « Je ne flatte pas, moi, je dis vrai. » À la question : « Comment devines-tu si juste ? », il répond : « Je prends dans ma tête, dans mon cœur ; je devine parce que je sais comment dirait et comment ferait Caroline. » Caroline étant quasiment une sainte, il ne risque pas de se tromper. Comme un enfant de quatre ou cinq ans, Gribouille imagine que l'adulte est l'image de lui-même quand il sera grand. Mais pour se réaliser, un enfant doit renoncer à cette forme d'aliénation qu'est l'imitation. Dans le feu de l'action, Gribouille, se délestant de sa soumission, révélera sa nature courageuse en protégeant de son corps le brigadier sur qui un voyou, Michel, tirait un coup de pistolet.

Peu avant sa mort, Gribouille a rêvé qu'il mourait. Il raconte son rêve en l'interprétant comme ce que Freud a appelé un rêve de désir : « Et voilà pourquoi je veux mourir, et je crois que je vais mourir. » Déjà, au moment du décès de sa mère, il avait exprimé son souhait de la rejoindre au plus vite. Il savait quel poids il était pour sa sœur qui ne voulait à aucun prix se séparer de lui. Malgré ses efforts et sa bonne volonté, ses maladresses et son franc-parler faisaient échouer toutes les tentatives de Caroline pour assurer leur subsistance, car ses employeurs voulaient bien d'elle mais pas de lui. En mourant en héros, accomplit-il son vœu le plus cher, ou celui que Caroline n'aurait jamais osé exprimer, même en pensée ? Triste bien sûr, mais délivrée de Gribouille, elle épousera le brigadier.

Vouloir mourir quand on se sent de trop pour ses proches et que la vie est trop dure, qui d'autre que Gribouille aurait pu exprimer ce que bien des personnes âgées, ou pas, n'osent dire ? Quant à la comtesse, terminant son livre, elle écrit à une de ses filles : « J'ai enfin tué Gribouille. » Paix à son âme !

L'ENFER DE LA COMTESSE DE SÉGUR

Malgré leur titre, les *Œuvres complètes* de la comtesse de Ségur publiées chez Robert Laffont ne le sont pas. Nulle trace en effet de l'*Évangile d'une grand-mère*, des *Actes des apôtres* et de la *Bible d'une grand-mère*, œuvres parues vers la fin de sa vie sans toutefois être ses dernières. Les éditions Hachette les ont publiées en leur temps puis rééditées et ont même fort bien rémunéré leur auteure qui les assumait totalement. Car pour ces ouvrages religieux, un de ses biographes, Ghislain de Diesbach, rapporte que non seulement la comtesse a exigé de son éditeur deux cents exemplaires d'auteur, mais le contrôle des illustrations avant impression et surtout la faculté exceptionnelle de disposer intégralement de ses droits trois ans après la date de la troisième impression, ce qui lui permettait de les faire rééditer ailleurs si elle le souhaitait.

L'*Évangile*, contrôlé ligne à ligne par Gaston, a, de plus, été soumis aux plus hautes instances religieuses ainsi qu'elle l'écrit à un Émile Templier que ces textes, fort éloignés de ses romans, laissent sceptique : « L'*Évangile d'une grand-mère* est hautement approuvé par le cardinal-archevêque de Bordeaux, les archevêques de Sens, de Bourges et les évêques de Séez, de Poitiers, de Nîmes, d'Annecy. »

Aujourd'hui, sur le marché de l'occasion, on peut trouver les quelques rééditions d'Hachette, une édition de 1933 par une société liturgique et une dernière de 1947… Ensuite, plus rien. Depuis que l'œuvre de la comtesse est dans le domaine public, sa prose religieuse ne semble avoir intéressé aucune des grandes maisons d'édition catholiques : ni Mame, ni Bayard, ni Le Cerf ne s'y sont risquées. Jusqu'en 2005, où son *Évangile* reparaît soudain aux Éditions de Paris, dans la collection dirigée par Benoît Mancheron, dont l'étrange catalogue propose aussi *Le KGB au cœur du Vatican*, *Le Latin par la messe*, *Les Chrétiens dans l'Empire romain*, *Fragments d'une confession, De la sainteté* par Alphonse de Châteaubriant (pas le vicomte, l'autre : celui qui prenait Hitler pour le Messie), un mélange de textes politiques d'extrême droite et de textes religieux intégristes anti-Vatican II. Une maison qui continue de publier le catéchisme de saint Pie X et d'ignorer celui de 1992. L'*Évangile* est tombé entre d'étranges mains éditoriales.

Et à la lecture sur écran, car ils ont aussi une version électronique, les bras m'en tombent. Voici le début, désignant d'emblée les assassins, comme dans *Columbo* :

Jacques : Je déteste ces Juifs ! Ils sont méchants pour ce bon Jésus !

Grand-mère : On les verra bien plus méchants encore quand ils feront souffrir et si cruellement mourir le bon Jésus, leur Dieu, leur Sauveur [...]. Tâchons de ne pas faire comme les Juifs.

La comtesse, qui prône l'amour du prochain, enseigne ici sans relâche le mépris des Juifs désignés dès le début comme les méchants et les coupables dans l'histoire de Jésus. Le message passe fort bien auprès de ses petits-enfants, tous âges confondus, qu'elle réunit chaque jour pour leur raconter un nouvel épisode, sous forme dialoguée comme dans ses romans. Les enfants l'interrompent quand ils ne comprennent pas ou font des commentaires comme celui-ci : « Je voudrais savoir tout de suite comment et pourquoi les méchants Juifs ont fait mourir le bon Jésus ! »

Les Juifs sont accusés de ne pas avoir reconnu Jésus comme le Messie, de refuser la conversion au catholicisme, d'être déicides. Qu'ils aillent tous en enfer ! Tous les stéréotypes de la propagande judéophobe de l'Église catholique au XIXe siècle émaillent ce récit :

Les fils du royaume sont le peuple juif que le bon Dieu a toujours protégé et auquel il a envoyé son fils Jésus, qui s'est ainsi fait leur frère et qui a voulu les faire entrer dans le royaume de Dieu. Ils n'ont pas voulu y entrer ; ils ont été des fils ingrats et révoltés, et le bon Dieu les jettera en enfer, où tout est nuit.

Plus loin :

Ces paroles regardent encore la punition de l'incrédulité des Juifs, qui, au lieu de rester enfants de Dieu, sont devenus maudits : tandis que les peuples païens, qui étaient bien inférieurs aux Juifs, sont devenus les enfants de Dieu et sont montés au premier rang par leur foi en Jésus-Christ.

Citons encore :

Il [Jésus] veut uniquement faire comprendre aux Juifs orgueilleux et entêtés que Dieu ne leur fait aucun tort en admettant tous les autres peuples au bonheur de connaître Jésus-Christ, le Sauveur du monde.

Ou cette réflexion du petit Pierre :

« Quand Jésus ressuscita et sortit du tombeau malgré toutes leurs précautions, ils ont bien vu qu'il était Dieu, et qu'ils étaient eux des misérables qui avaient assassiné leur Dieu. Pour le coup, ils ont dû tous se convertir. »

Et, *last but not least* :

Probablement qu'ils restèrent ce qu'ils étaient, pleins d'orgueil, de haine et de jalousie, car il est impossible que le repentir entre dans un cœur rempli d'orgueil, de haine et d'envie.

Ce ne sont là que quelques exemples…

Même si les catholiques du XIXe siècle adhéraient massivement à cette judéophobie théologique, terreau de l'antisémitisme racial du XXe siècle que la comtesse n'a évidemment pas connu, elle n'y allait pas avec le dos de la cuillère !

Est-il anodin que cet ouvrage ne figure pas dans les *Œuvres complètes*, destinées plutôt aux adultes, tandis qu'une minuscule maison d'édition prétendument « catholique » réédite aujourd'hui cet ouvrage antijudaïque à destination des enfants ? En 1959, le pape Jean XXIII a supprimé dans la prière du vendredi saint les mentions de « Juifs perfides » et de « peuple déicide ». Le 28 octobre 1965, la déclaration conciliaire *Nostra aetate*, en recommandant « la connaissance et l'estime mutuelles » entre juifs et chrétiens, mettait fin à des siècles de ce que l'historien Jules Isaac avait appelé « l'enseignement du mépris » pour passer à « l'enseignement de l'estime ».

Notre éditeur prétendument catholique et les lecteurs de cette réédition ne suivent pas la comtesse qui termine son *Évangile* en écrivant : « Nous devons obéir au pape, notre seul Pasteur, notre seul directeur. Celui qui se révolte contre le pape se révolte contre Jésus-Christ dont il est le représentant sur la terre. » Ce n'est pas surprenant car les intégristes se veulent plus catholiques que le pape, qu'ils considèrent comme l'Antéchrist. Ils préfèrent continuer d'enseigner à leurs ouailles ce passage de la Bible revu par la comtesse : « Dieu dit : tu enfanteras dans la douleur, tu seras soumise à ton mari et il te commandera. » À quoi le petit Henri, qui a tout compris, rétorque : « C'est donc pour cela que les femmes sont moins que les hommes, qu'elles sont plus faibles, moins habiles et qu'elles doivent obéir à leurs maris ? » Réponse de la grand-mère : « Oui, c'est en punition du péché d'Ève » !

Se posera-t-il pour la comtesse de Ségur la même question que pour Céline de la réédition de ses textes antijudaïques (le terme « antisémite » n'existait pas à son époque) ? Vraisemblablement pas. Elle a déjà été résolue par le filtre de ses éditeurs, le niveau littéraire de ces textes n'étant pas plus élevé que les idées qu'elle exprime. Laissons-les dans l'« enfer » de nos bibliothèques.

D'autant que dans ses romans, on ne trouve nulle trace de cet antijudaïsme religieux. On ne va quand même pas s'offusquer quand une marchande, Mme Juivet, dans *Les Mémoires d'un âne*, profite de l'ignorance de petites filles pour leur vendre « des étoffes beaucoup trop belles et trop chères pour habiller un enfant pauvre ». D'autres clichés sont présents qui n'épargnent ni les Russes, ni les Anglais, ni les Italiens, ni les « parvenus », ni les bourgeois… Si aujourd'hui, un *sensitivity reader*, bien plus audacieux que les censeurs de l'époque, devait expurger tout ce qui risque de heurter la sensibilité exacerbée des femmes, des hommes, des étrangers, des enfants et des animaux, il ne resterait plus rien. Pourvu que les éditeurs de littérature pour la jeunesse qui ont déjà « modernisé » *Le Club des cinq* et *Martine* oublient de s'attaquer à la comtesse de Ségur !

ÉPILOGUE

Paris, le 3 mars 2021

Chère comtesse, chère Sophie,
ma chère consœur et amie,

Après ces quelques mois passés en votre compagnie, j'ose vous appeler ainsi, car les souvenirs d'enfance que m'a laissés la lecture de vos écrits m'ont donné l'envie de vous visiter. Comment vous rencontrer puisque la mort nous sépare ? En vous lisant, bien sûr, et en imaginant un va-et-vient entre votre vie, dont j'ignorais tout, votre œuvre, redécouverte à un âge plus mûr, mon métier de psychanalyste, pratiqué avec des enfants de tous âges dont certains adultes qui n'ont pas grandi, ma vie et mes rencontres, par associations libres.

Sigmund Freud, l'inventeur de la « cure par la parole » (c'est ainsi qu'on appelle la pratique de la psychanalyse) n'avait que dix-huit ans quand vous nous avez quittés ! J'imagine que si vous aviez pu le rencontrer, ou plutôt l'un de ses élèves parisiens, une cure par la parole vous aurait aidée à surmonter votre longue, si longue maladie. J'admire que vous ayez trouvé les ressources qui vous ont permis, seule, de vous en sortir et de révéler vos talents d'écrivain. Peu de femmes de votre génération et même des suivantes ont su s'émanciper aussi bien que vous des rôles frustrants de mère et d'épouse auxquels la société les avait réduites.

La psychanalyse n'existait pas à votre époque, mais grâce à elle, j'ai reconnu en vous une pionnière dans la compréhension des enfants et des conséquences de leur éducation sur leurs comportements ; toutes vos intuitions concernant la psychologie des enfants et des adultes se sont trouvées confirmées par les théories psychanalytiques qui vous auraient sûrement passionnée.

Les auteurs qui, comme vous, ont assuré le succès de la Bibliothèque rose sont tombés dans l'oubli (qui se souvient de Zénaïde Fleuriot ?). Pas vous. Car les enfants continuent à vous lire, assurant votre gloire jusqu'à nos jours. Est-ce parce qu'ils ont senti qu'au-delà de les distraire, vous avez inlassablement défendu leur cause en mettant en scène les conflits qui les agitaient et les pressions qu'ils subissaient de leur entourage ? Sans doute.

À mes yeux, vous êtes la première à avoir épinglé les parents indignes de votre milieu si conventionnel qui, à votre époque, étaient intouchables. Imaginez-vous qu'aujourd'hui, on considère que la principale menace pesant sur les enfants, ce sont… leurs propres parents. Si les enfants sont mieux protégés, il semble que nombre de parents n'ont pas beaucoup changé !

« Quiconque s'attache à écouter les réponses des enfants est un esprit révolutionnaire. Les autres soi-disant révolutions n'y changeront rien », écrivait Françoise Dolto, une disciple de Freud, à qui votre vie et vos œuvres m'ont souvent fait penser. Seriez-vous du même avis, vous qui avez vu sans enthousiasme tant de révolutions qui n'ont en rien amélioré le sort des enfants ? Entre votre naissance à Saint-Pétersbourg et votre mort à Paris, je me suis rendu compte que vous aviez connu six régimes différents : en Russie le tsarisme, en France, la Restauration, la monarchie de Juillet, la Seconde République, le Second Empire et enfin la Troisième République, alors que je n'ai connu que les deux numéros suivants de la même République.

Je m'aperçois aussi en vous écrivant que toutes les femmes dont vous m'avez rappelé le souvenir sont mortes. Question d'âge, certainement. Mais la mort est omniprésente dans votre œuvre. Et par un curieux hasard, je reçois aujourd'hui le livre que Delphine Horvilleur, rabbin (mais oui, il y a aujourd'hui des femmes rabbins !), m'a envoyé. Votre antijudaïsme, si obsédant à votre époque, ne résisterait pas, j'en suis certaine, à l'intelligence, l'érudition, la tolérance et l'humour de cette femme. Son titre, *Vivre avec nos morts*, je le lui aurais volontiers emprunté.

« Continuer à vivre en évoquant nos morts ne consiste pas à les faire parler mais il serait sacrilège de les faire taire », écrit-elle. Ce sont mes interlocutrices imaginaires auxquelles désormais je vous associe.

Mais je ne vous cache pas que j'ai aussi la modeste ambition de vous faire lire ou relire par mes contemporains.

Veuillez recevoir, chère Sophie, mes sentiments respectueux autant qu'affectueux.

Caroline

Remerciements

Je remercie Alix de Saint-André, ma fidèle amie, ma précieuse conseillère et mon sévère professeur d'écriture.

François Sureau qui m'a fait confiance. Charlotte von Essen pour ses conseils avisés.

Marin Karmitz pour son indéfectible soutien. Hannah et Anatole qui ont bien voulu lire et commenter *Le Général Dourakine* et *Un bon petit diable.*

Composition : Entrelignes (64)
Achevé d'imprimer
par Normandie Roto Impression s.a.s. à Lonrai,
le 12 août 2021
Dépôt légal : août 2021
Numéro d'imprimeur : 2104010

ISBN : 978-2-07-294998-2 / Imprimé en France

396485